Der schon aus «Der Richter und sein Henker» bekannte Kriminalkommissar Bärlach läßt sich als Patient in die berühmt-berüchtigte Klinik des Dr. Emmenberger einweisen, um dessen dunkle Vergangenheit als Lagerarzt eines KZ aufzudecken. Das einzige Opfer, das Emmenbergers grausame Experimente überlebt hat, der geheimnisumwitterte Jude Gulliver, hilft ihm dabei. Nicht allein die erregende Entlarvung Emmenbergers, auch die Enthüllung der Hintergründe und Abgründe menschlichen Tuns in einer unmenschlichen Zeit machen dieses Buch des Schweizer Autors zu einer eigenwillig aktuellen Dichtung.

Friedrich Dürrenmatt, einer der führenden Vertreter der deutschsprachigen Literatur und der modernen Dramatik überhaupt, wurde am 5. Januar 1921 in Konolfingen bei Bern geboren. Der Sohn eines protestantischen Pfarrers studierte nach dem Besuch eines Berner Gymnasiums in Bern und Zürich Philosophie und Theologie. Dürrenmatt arbeitete zunächst als Zeichner und Graphiker, doch unternahm er schon 1940 seinen ersten schriftstellerischen Versuch, ein später verworfenes Drama. 1942 machte er sich an Prosaarbeiten. Bald darauf erschien ein Band Erzählungen. Nach dem Krieg wandte er sich vollends der Literatur zu. Sein erstes Drama «Es steht geschrieben» (1947) rief in Zürich einen Theaterskandal hervor. «Der Blinde» wurde gelassener aufgenommen, doch «Romulus der Große» erregte die Gemüter auch in Deutschland. Dürrenmatt wurde zum unbequemen und umstrittenen Autor. «Die Ehe des Herrn Mississippi», neuerdings auch verfilmt, und «Ein Engel kommt nach Babylon» wurden an vielen Bühnen aufgeführt. Den durchschlagenden Welterfolg aber brachte «Der Besuch der alten Dame». Dies Drama wurde sowohl in New York wie in Paris und Moskau gespielt. Das Abenteuerliche und das Absurde des menschlichen Geistes und der Gesellschaft mischen sich in Dürrenmatts Arbeiten, in seiner Einsicht und in seinem Gelächter über den Weltzustand zu überparteilicher Aktualität. Seine bisher letzten dramatischen Werke sind «Frank V.», «Die Physiker» und «Der Meteor». Hörspiele wie «Der Prozeß um des Esels Schatten», «Stranitzki und der Nationalheld», «Herkules und der Stall des Augias», «Das Unternehmen der Wega», «Nächtliches Gespräch» und «Die Panne» gingen über viele Rundfunksender. Dürrenmatt schrieb auch das Drehbuch zu dem psychologischen Kriminalfilm «Es geschah am hellichten Tag». Der Dichter erhielt 1959 den Schiller-Preis der Stadt Mannheim. Neben seiner dramatischen Produktion vernachlässigt Dürrenmatt auch die Prosa nicht. Außer heiteren Werken wie «Grieche sucht Griechin» schuf er eine besondere, in der deutschsprachigen Literatur sonst kaum bekannte, von Poe und Chesterton beeinflußte Art des doppelbödigen Kriminalromans: «Der Richter und sein Henker» (rororo Nr. 150) und «Die Stadt».

Friedrich Dürrenmatt

DER VERDACHT

Roman

Rowohlt

Umschlagentwurf Jan Buchholz / Reni Hinsch

1.– 50. Tausend	Oktober 1961
51.– 70. Tausend	April 1962
71.– 85. Tausend	Januar 1963
86.–100. Tausend	Juli 1963
101.–115. Tausend	Januar 1964
116.–130. Tausend	Oktober 1964
131.–155. Tausend	Februar 1965
156.–180. Tausend	Dezember 1965
181.–195. Tausend	September 1966
196.–210. Tausend	Januar 1967
211.–235. Tausend	Juli 1967
236.–260. Tausend	Januar 1968
261.–280. Tausend	September 1968
281.–300. Tausend	März 1969
301.–320. Tausend	September 1969
321.–340. Tausend	Januar 1970
341.–355. Tausend	April 1970
356.–380. Tausend	August 1970
381.–405. Tausend	Februar 1971
406.–455. Tausend	Juli 1971

Ungekürzte Ausgabe
Veröffentlicht im Rowohlt Taschenbuch Verlag GmbH,
Reinbek bei Hamburg, Oktober 1961,
mit Genehmigung der
Verlagsanstalt Benziger & Co. AG., Einsiedeln-Zürich
Gesetzt aus der Linotype-Aldus-Buchschrift
und der Palatino (D. Stempel AG)
Gesamtherstellung Clausen & Bosse, Leck/Schleswig
Printed in Germany
ISBN 3 499 10448 2

ERSTER TEIL

BÄRLACH WAR ANFANGS NOVEMBER 1948 INS SALEM EINGE-
liefert worden, in jenes Spital, von dem aus man die Altstadt
Berns mit dem Rathaus sieht. Eine Herzattacke schob den drin-
gend gewordenen Eingriff zwei Wochen hinaus. Als die schwie-
rige Operation unternommen wurde, verlief sie glücklich, doch
ergab der Befund jene hoffnungslose Krankheit, die man vermutete. Es stand schlimm um den Kommissär. Zweimal
schon hatte sein Chef, der Untersuchungsrichter Lutz, sich
mit dessen Tod abgefunden, und zweimal durfte er neue Hoffnung schöpfen, als endlich kurz vor Weihnachten die Besse-
rung eintrat. Über die Feiertage schlief zwar der Alte noch,
aber am siebenundzwanzigsten, an einem Montag, war er
munter und schaute sich alte Nummern der amerikanischen
Zeitschrift ‹Life› aus dem Jahre fünfundvierzig an.

«Es waren Tiere, Samuel», sagte er, als Dr. Hungertobel in
das abendliche Zimmer trat, seine Visite zu machen, «es waren Tiere», und reichte ihm die Zeitschrift. «Du bist Arzt und
kannst es dir vorstellen. Sieh dir dieses Bild aus dem Konzentrationslager Stutthof an! Der Lagerarzt Nehle führt an einem
Häftling eine Bauchoperation ohne Narkose durch und ist
dabei photographiert worden.»

Das hätten die Nazis manchmal getan, sagte der Arzt und
sah sich das Bild an, erbleichte jedoch, wie er die Zeitschrift
schon weglegen wollte.

«Was hast du denn?» fragte der Kranke verwundert.

Hungertobel antwortete nicht sofort. Er legte die aufge-
schlagene Zeitschrift auf Bärlachs Bett, griff in die rechte
obere Tasche seines weißen Kittels und zog eine Hornbrille hervor, die er – wie der Kommissär bemerkte – sich etwas zitternd
aufsetzte; dann besah er sich das Bild zum zweiten Mal.

«Warum ist er denn so nervös?» dachte Bärlach.

«Unsinn», sagte endlich Hungertobel ärgerlich und legte die Zeitschrift auf den Tisch zu den anderen. «Komm, gib mir deine Hand. Wir wollen nach dem Puls sehen.»

Es war eine Minute still. Dann ließ der Arzt den Arm seines Freundes fahren und sah auf die Tabelle über dem Bett.

«Es steht gut mit dir, Hans.»

«Noch ein Jahr?» fragte Bärlach.

Hungertobel wurde verlegen. «Davon wollen wir jetzt nicht reden», sagte er. «Du mußt aufpassen und wieder zur Untersuchung kommen.»

Er passe immer auf, brummte der Alte.

Dann sei es ja gut, sagte Hungertobel, indem er sich verabschiedete.

«Gib mir doch noch das ‹Life›», verlangte der Kranke scheinbar gleichgültig. Hungertobel gab ihm eine Zeitschrift vom Stoß, der auf dem Nachttisch lag.

«Nicht die», sagte der Kommissär und blickte etwas spöttisch nach dem Arzt: «Ich will jene, die du mir genommen hast. So leicht komme ich nicht von einem Konzentrationslager los.»

Hungertobel zögerte einen Augenblick, wurde rot, als er Bärlachs prüfenden Blick auf sich gerichtet sah, und gab ihm die Zeitschrift. Dann ging er schnell hinaus, so als sei ihm etwas unangenehm. Die Schwester kam. Der Kommissär ließ die anderen Zeitschriften hinaustragen.

«Die nicht?» fragte die Schwester und wies auf die Zeitung, die auf Bärlachs Bett lag.

«Nein, die nicht», sagte der Alte.

Als die Schwester gegangen war, schaute er sich das Bild von neuem an. Der Arzt, der das bestialische Experiment ausführte, wirkte in seiner Ruhe götzenhaft. Der größte Teil des Gesichts war durch den Nasen- und Mundschutz verdeckt.

Der Kommissär versorgte die Zeitschrift in seiner Nachttischschublade und verschränkte die Hände hinter dem Kopf.

Er hatte die Augen weit offen und sah der Nacht zu, die immer mehr das Zimmer füllte. Licht machte er nicht.

Später kam die Schwester und brachte das Essen. Es war immer noch wenig und Diät: Haferschleimsuppe. Den Lindenblütentee, den er nicht mochte, ließ er stehen. Nachdem er die Suppe ausgelöffelt hatte, löschte er das Licht und sah von neuem in die Dunkelheit, in die immer undurchdringlicheren Schatten.

Er liebte es, die Lichter der Stadt durchs Fenster fallen zu sehen.

Als die Schwester kam, den Kommissär für die Nacht herzurichten, schlief er schon.

Am Morgen um zehn kam Hungertobel.

Bärlach lag in seinem Bett, die Hände hinter dem Kopf, und auf der Bettdecke lag die Zeitschrift aufgeschlagen. Seine Augen waren aufmerksam auf den Arzt gerichtet. Hungertobel sah, daß es das Bild aus dem Konzentrationslager war, das der Alte vor sich hatte.

«Willst du mir nicht sagen, warum du bleich geworden bist wie ein Toter, als ich dir dieses Bild im ‹Life› zeigte?» fragte der Kranke.

Hungertobel ging zum Bett, nahm die Tabelle herunter, studierte sie aufmerksamer denn gewöhnlich und hängte sie wieder an ihren Platz. «Es war ein lächerlicher Irrtum, Hans», sagte er. «Nicht der Rede wert.»

«Du kennst diesen Doktor Nehle?» Bärlachs Stimme klang seltsam erregt.

«Nein», antwortete Hungertobel. «Ich kenne ihn nicht. Er hat mich nur an jemanden erinnert.»

Die Ähnlichkeit müsse groß sein, sagte der Kommissär.

Die Ähnlichkeit sei groß, gab der Arzt zu und schaute sich das Bild noch einmal an, von neuem beunruhigt, wie Bärlach deutlich sehen konnte. Aber die Photographie zeige auch nur die Hälfte des Gesichts. Alle Ärzte glichen sich beim Operieren, sagte er.

«An wen erinnert dich denn diese Bestie?» fragte der Alte unbarmherzig.

«Das hat doch alles keinen Sinn!» antwortete Hungertobel. «Ich habe es dir gesagt, es muß ein Irrtum sein.»

«Und dennoch würdest du schwören, daß er es ist, nicht wahr, Samuel?»

Nun ja, entgegnete der Arzt. Er würde es schwören, wenn er nicht wüßte, daß es der Verdächtigte nicht sein könne. Sie sollten diese ungemütliche Sache jetzt lieber sein lassen. Es tue nicht gut, kurz nach einer Operation, bei der es auf Tod und Leben gegangen sei, in einem alten ‹Life› zu blättern. Dieser Arzt da, fuhr er nach einer Weile fort und beschaute sich das Bild hypnotisiert von neuem, könne nicht der sein, den er kenne, weil der Betreffende während des Krieges in Chile gewesen sei. Also sei das Ganze Unsinn, das sehe doch ein jeder.

«In Chile, in Chile», sagte Bärlach. «Wann ist er denn zurückgekommen, dein Mann, der nicht in Frage kommt, Nehle zu sein?»

«Fünfundvierzig.»

«In Chile, in Chile», sagte Bärlach von neuem. «Und du willst mir nicht sagen, an wen dich das Bild erinnert?»

Hungertobel zögerte mit der Antwort. Die Angelegenheit war dem alten Arzt peinlich.

«Wenn ich dir den Namen sage, Hans», brachte er endlich hervor, «wirst du Verdacht gegen den Mann schöpfen.»

«Ich habe gegen ihn Verdacht geschöpft», antwortete der Kommissär.

Hungertobel seufzte. «Siehst du, Hans», sagte er, «das habe ich befürchtet. Ich möchte das nicht, verstehst du? Ich bin ein alter Arzt und möchte niemandem Böses getan haben. Dein Verdacht ist ein Wahnsinn. Man kann doch nicht auf eine bloße Fotografie hin einen Menschen einfach verdächtigen, um so weniger, als das Bild nicht viel vom Gesicht zeigt. Und außerdem war er in Chile, das ist eine Tatsache.»

Was er denn dort gemacht habe, warf der Kommissär ein.

Er habe in Santiago eine Klinik geleitet, sagte Hungertobel.

«In Chile, in Chile», sagte Bärlach wieder. Das sei ein gefährlicher Kehrreim und schwer zu überprüfen. Samuel habe recht, ein Verdacht sei etwas Schreckliches und komme vom Teufel.

«Nichts macht einen so schlecht wie ein Verdacht», fuhr er fort, «das weiß ich genau, und ich habe oft meinen Beruf verflucht. Man soll sich nicht damit einlassen. Aber jetzt haben wir den Verdacht, und du hast ihn mir gegeben. Ich gebe ihn dir gern zurück, alter Freund, wenn auch du deinen Verdacht fallenläßt; denn du bist es, der nicht von diesem Verdacht loskommt.»

Hungertobel setzte sich an des Alten Bett. Er schaute hilflos nach dem Kommissär. Die Sonne fiel in schrägen Strahlen durch die Vorhänge ins Zimmer. Draußen war ein schöner Tag, wie oft in diesem milden Winter.

«Ich kann nicht», sagte der Arzt endlich in die Stille des Krankenzimmers hinein: «Ich kann nicht. Gott soll mir helfen, ich bringe den Verdacht nicht los. Ich kenne ihn zu gut. Ich habe mit ihm studiert, und zweimal war er mein Stellvertreter. Er ist es auf diesem Bild. Die Operationsnarbe über der Schläfe ist auch da. Ich kenne sie, ich habe Emmenberger selbst operiert.»

Hungertobel nahm die Brille von der Nase und steckte sie in die rechte obere Tasche. Dann wischte er sich den Schweiß von der Stirne.

«Emmenberger?» fragte der Kommissär nach einer Weile ruhig. «So heißt er?»

«Nun habe ich es gesagt», antwortete Hungertobel beunruhigt. «Fritz Emmenberger.»

«Ein Arzt?»

«Ein Arzt.»

«Und lebt in der Schweiz?»

«Er besitzt die Klinik Sonnenstein auf dem Zürichberg»,

antwortete der Arzt. «Zweiunddreißig wanderte er nach Deutschland aus und dann nach Chile. Fünfundvierzig kehrte er zurück und übernahm die Klinik. Eines der teuersten Spitäler der Schweiz», fügte er leise hinzu.

«Nur für Reiche?»

«Nur für Schwerreiche.»

«Ist er ein guter Wissenschaftler, Samuel?» fragte der Kommissär.

Hungertobel zögerte. Es sei schwer auf seine Frage zu antworten, sagte er: «Er war einmal ein guter Wissenschaftler, nur wissen wir nicht recht, ob er es geblieben ist. Er arbeitet mit Methoden, die uns fragwürdig vorkommen müssen. Wir wissen von den Hormonen, auf die er sich spezialisiert hat, noch herzlich wenig, und wie überall in Gebieten, die sich die Wissenschaft zu erobern anschickt, tummelt sich allerlei herum. Wissenschaftler und Scharlatane, oft beides in einer Person. Was will man, Hans? Emmenberger ist bei seinen Patienten beliebt, und sie glauben an ihn wie an einen Gott. Das ist ja das Wichtigste, scheint mir, für so reiche Patienten, denen auch die Krankheit ein Luxus sein soll; ohne Glauben geht es nicht; am wenigsten bei den Hormonen. So hat er eben seine Erfolge, wird verehrt und findet sein Geld. Wir nennen ihn denn ja auch den Erbonkel –»

Hungertobel hielt plötzlich mit Reden inne, als reue es ihn, Emmenbergers Übernamen ausgesprochen zu haben.

«Den Erbonkel. Wozu diesen Spitznamen?» fragte Bärlach.

Die Klinik habe das Vermögen vieler Patienten geerbt, antwortete Hungertobel mit sichtlich schlechtem Gewissen. Das sei dort so ein wenig Mode.

«Das ist euch Ärzten also aufgefallen!» sagte der Kommissär.

Die beiden schwiegen. In der Stille lag etwas Unausgesprochenes, vor dem sich Hungertobel fürchtete.

«Du darfst jetzt nicht denken, was du denkst», sagte er plötzlich entsetzt.

«Ich denke nur deine Gedanken», antwortete der Kommissär ruhig. «Wir wollen genau sein. Mag es auch ein Verbrechen sein, was wir denken, wir sollten uns nicht vor unseren Gedanken fürchten. Nur wenn wir sie vor unserem Gewissen auch zugeben, vermögen wir sie zu überprüfen und, wenn wir unrecht haben, zu überwinden. Was denken wir nun, Samuel? Wir denken: Emmenberger zwingt seine Patienten mit den Methoden, die er im Konzentrationslager Stutthof lernte, ihm das Vermögen zu vermachen, und tötet sie nachher.»

«Nein», rief Hungertobel mit fiebrigen Augen: «Nein!» Er starrte Bärlach hilflos an. «Wir dürfen das nicht denken! Wir sind keine Tiere!» rief er aufs neue und erhob sich, um aufgeregt im Zimmer auf und ab zu gehen, von der Wand zum Fenster, vom Fenster zum Bett.

«Mein Gott», stöhnte der Arzt, «es gibt nichts Fürchterlicheres als diese Stunde.»

«Der Verdacht», sagte der Alte in seinem Bett, und dann noch einmal unerbittlich: «Der Verdacht.»

Hungertobel blieb an Bärlachs Bett stehen: «Vergessen wir dieses Gespräch, Hans», sagte er. «Wir ließen uns gehen. Freilich, man liebt es manchmal, mit Möglichkeiten zu spielen. Das tut nie gut. Kümmern wir uns nicht mehr um Emmenberger. Je mehr ich das Bild ansehe, desto weniger ist er es, das ist keine Ausrede. Er war in Chile und nicht in Stutthof, und damit ist unser Verdacht sinnlos geworden.»

«In Chile, in Chile», sagte Bärlach, und seine Augen funkelten gierig nach einem neuen Abenteuer. Sein Leib dehnte sich, und dann lag er wieder unbeweglich und entspannt, die Hände hinter dem Kopf.

«Du mußt jetzt zu deinen Patienten gehen, Samuel», meinte er nach einer Weile. «Die warten auf dich. Ich wünsche dich nicht länger aufzuhalten. Vergessen wir unser Gespräch, das wird am besten sein, da hast du recht.»

Als Hungertobel sich unter der Türe noch einmal mißtrauisch zum Kranken wandte, war der Kommissär eingeschlafen.

Das Alibi

Am anderen Morgen fand Hungertobel den Alten um halb acht nach dem Morgenessen beim Studium des Stadtanzeigers, etwas verwundert; denn der Arzt war früher als sonst gekommen, und Bärlach pflegte um diese Zeit wieder zu schlafen, oder doch wenigstens, die Hände hinter dem Kopf, vor sich hinzudösen. Auch war es dem Arzt, als sei der Kommissär frischer als sonst, und aus seinen Augenschlitzen schien die alte Vitalität zu leuchten.

Wie es denn gehe, begrüßte Hungertobel den Kranken.

Er wittere Morgenluft, antwortete dieser undurchsichtig.

«Ich bin heute früher als sonst bei dir, und ich komme auch nicht eigentlich dienstlich», sagte Hungertobel und trat zum Bett. «Ich bringe nur schnell einen Stoß ärztlicher Zeitungen: die Schweizerische medizinische Wochenschrift, eine französische, und vor allem, da du auch Englisch verstehst, verschiedene Nummern der ‹Lancet›, der berühmten englischen Zeitschrift für Medizin.»

«Das ist lieb von dir, anzunehmen, ich interessiere mich für dergleichen», antwortete Bärlach, ohne vom Anzeiger aufzublicken, «aber ich weiß nicht, ob es gerade die geeignete Lektüre für mich ist. Du weißt, ich bin kein Freund der Medizin.»

Hungertobel lachte: «Das sagt einer, dem wir geholfen haben!»

Eben, sagte Bärlach, das mache das Übel nicht besser.

Was er denn im Anzeiger lese? fragte Hungertobel neugierig.

«Briefmarkenangebote», antwortete der Alte.

Der Arzt schüttelte den Kopf: «Trotzdem wirst du dir die Zeitschriften ansehen, auch wenn du um uns Ärzte für gewöhnlich einen Bogen machst. Es liegt mir daran, dir zu beweisen, daß unser Gespräch gestern eine Torheit war, Hans. Du bist Kriminalist, und ich traue dir zu, daß du aus heiterem

Himmel unseren verdächtigen Modearzt samt seinen Hormonen verhaftest. Ich begreife nicht, wie ich es vergessen konnte. Der Beweis, daß Emmenberger in Santiago war, ist leicht zu erbringen. Er hat von dort in verschiedenen medizinischen Fachzeitschriften Artikel veröffentlicht, auch in englischen und amerikanischen, hauptsächlich über Fragen der inneren Sekretion, und sich damit einen Namen gemacht; schon als Student zeichnete er sich literarisch aus und schrieb eine ebenso witzige wie glänzende Feder. Du siehst, er war ein tüchtiger und gründlicher Wissenschaftler. Um so bedauernswerter ist seine jetzige Wendung ins Modische, wenn ich so sagen darf; denn was er gegenwärtig treibt, ist nun doch zu billig, Schulmedizin hin oder her. Der letzte Artikel erschien in der ‹Lancet› noch im Januar fünfundvierzig, einige Monate bevor er in die Schweiz zurückkehrte. Das ist gewiß ein Beweis, daß unser Verdacht eine rechte Eselei war. Ich schwöre dir, mich nie mehr als Kriminalist zu versuchen. Der Mann auf dem Bild kann nicht Emmenberger sein, oder die Fotografie ist gefälscht.»

«Das wäre ein Alibi», sagte Bärlach und faltete den Anzeiger zusammen. «Du kannst mir die Zeitschriften dalassen.»

Als Hungertobel um zehn zur ordentlichen Arztvisite zurückkam, lag der Alte, eifrig in den Zeitschriften lesend, in seinem Bett.

Ihn scheine auf einmal die Medizin doch zu interessieren, sagte der Arzt verwundert und prüfte Bärlachs Puls.

Hungertobel habe recht, meinte der Kommissär, die Artikel kämen aus Chile.

Hungertobel freute sich und war erleichtert. «Siehst du! Und wir sahen Emmenberger schon als Massenmörder.»

«Man hat heute in dieser Kunst die frappantesten Fortschritte gemacht», antwortete Bärlach trocken. «Die Zeit, mein Freund, die Zeit. Die englischen Zeitschriften brauche ich nicht, aber die schweizerischen Nummern kannst du mir lassen.»

«Emmenbergers Artikel in der ‹Lancet› sind doch viel bedeutender, Hans!» widersprach Hungertobel, der schon überzeugt war, dem Freund gehe es um die Medizin. «Die mußt du lesen.»

In der medizinischen Wochenschrift schreibe Emmenberger aber deutsch, entgegnete Bärlach etwas spöttisch.

«Und?» fragte der Arzt, der nichts begriff.

«Ich meine, mich beschäftigt sein Stil, Samuel, der Stil eines Arztes, der einst eine gewandte Feder führte und nun reichlich unbeholfen schreibt», sagte der Alte vorsichtig.

Was denn dabei sei, fragte Hungertobel noch immer ahnungslos, mit der Tabelle über dem Bett beschäftigt.

«So leicht ist ein Alibi nun doch nicht zu erbringen», sagte der Kommissär.

«Was willst du damit sagen?» rief der Arzt bestürzt aus. «Du bist den Verdacht immer noch nicht los?»

Bärlach sah seinem fassungslosen Freund nachdenklich ins Gesicht, in dieses alte, noble, mit Falten überzogene Antlitz eines Arztes, der es in seinem Leben mit seinen Patienten nie leichtgenommen hatte und der doch nichts von den Menschen wußte, und dann sagte er: «Du rauchst doch immer noch deine ‹Little-Rose of Sumatra›, Samuel? Es wäre jetzt schön, wenn du mir eine anbieten würdest. Ich stelle es mir angenehm vor, so eine nach meiner langweiligen Haferschleimsuppe in Brand zu stecken.»

Die Entlassung

Doch bevor es noch zum Mittagessen kam, erhielt der Kranke, der immer wieder den gleichen Artikel Emmenbergers über die Bauchspeicheldrüse las, seinen ersten Besuch seit seiner Operation. Es war der ‹Chef›, der um elf das Krankenzimmer betrat und etwas verlegen am Bett des Alten Platz nahm, ohne den Wintermantel abzulegen, den Hut in der Hand. Bärlach wußte genau, was dieser Besuch bedeuten sollte, und der Chef wußte genau, wie es um den Kommissär stand.

14

«Nun, Kommissär», begann Lutz, «wie geht's? Wir mußten ja zeitweilig das Schlimmste befürchten.»

«Langsam aufwärts», antwortete Bärlach und verschränkte wieder die Hände hinter dem Nacken.

«Was lesen Sie denn da?» fragte Lutz, der nicht gern aufs eigentliche Thema seines Besuches kam und nach einer Ablenkung suchte: «Ei, Bärlach, sieh da, medizinische Zeitschriften!»

Der Alte war nicht verlegen: «Das liest sich wie ein Kriminalroman», sagte er. «Man erweitert ein wenig seinen Horizont, wenn man krank ist, und sieht sich nach neuen Gebieten um.»

Lutz wollte wissen, wie lange denn Bärlach nach Meinung der Ärzte noch das Bett hüten müsse.

«Zwei Monate», gab der Kommissär zur Antwort, «zwei Monate soll ich noch liegen.»

Nun mußte der Chef, ob er wollte oder nicht, mit der Sprache heraus. «Die Altersgrenze», brachte er mühsam hervor: «Die Altersgrenze, Kommissär, Sie verstehen, wir kommen wohl nicht mehr darum herum, denke ich, wir haben unsere Gesetze.»

«Ich verstehe», antwortete der Kranke und verzog nicht einmal das Gesicht.

«Was sein muß, muß sein», sagte Lutz. «Sie müssen sich schonen, Kommissär, das ist der Grund.»

«Und die moderne wissenschaftliche Kriminalistik, wo man den Verbrecher findet wie ein etikettiertes Konfitürenglas», meinte der Alte, Lutz etwas korrigierend. Wer nachrücke, wollte er noch wissen.

«Röthlisberger», antwortete der Chef. «Er hat ja Ihre Stellvertretung schon übernommen.»

Bärlach nickte. «Der Röthlisberger. Der wird mit seinen fünf Kindern auch froh sein über das bessere Gehalt», sagte er. «Von Neujahr an?»

«Von Neujahr an», bestätigte Lutz.

Noch bis Freitag also, sagte Bärlach, und dann sei er Kommissär gewesen. Er sei froh, daß er nun den Staatsdienst hinter sich habe, sowohl den türkischen als auch den bernischen. Nicht gerade, weil er jetzt mehr Zeit habe, Molière zu lesen und Balzac, was sicher auch schön sei, aber der Hauptgrund bleibe doch, daß die bürgerliche Weltordnung auch nicht mehr das Wahre sei. Er kenne sich aus in den Affären. Die Menschen seien immer gleich, ob sie nun am Sonntag in die Hagia Sophia oder ins Berner Münster gingen. Man lasse die großen Schurken laufen und stecke die kleinen ein. Überhaupt gebe es einen ganzen Haufen Verbrechen, die man nicht beachte, nur weil sie etwas ästhetischer seien als so ein ins Auge springender Mord, der überdies noch in die Zeitung komme, die aber beide aufs gleiche hinausliefen, wenn man's genau nehme und die Phantasie habe. Die Phantasie, das sei es eben, die Phantasie! Aus lauter Phantasiemangel begehe ein braver Geschäftsmann zwischen dem Aperitif und dem Mittagessen oft mit irgendeinem gerissenen Geschäft ein Verbrechen, das kein Mensch ahne und der Geschäftsmann am wenigsten, weil niemand die Phantasie besitze, es zu sehen. Die Welt sei aus Nachlässigkeit schlecht und daran, aus Nachlässigkeit zum Teufel zu gehen. Diese Gefahr sei noch größer als der ganze Stalin und alle übrigen Josephe zusammengenommen. Für einen alten Spürhund wie ihn sei der Staatsdienst nicht mehr gut. Zuviel kleines Zeug, zuviel Schnüffelei; aber das Wild, das rentiere und das man jagen sollte, die wirklich großen Tiere, meine er, würden unter Staatsschutz genommen wie im zoologischen Garten.

Der Doktor Luzius Lutz machte ein langes Gesicht, als er diese Rede hörte; das Gespräch kam ihm peinlich vor, und eigentlich fand er es unschicklich, bei so bösartigen Ansichten nicht zu protestieren, doch der Alte war schließlich krank und Gott sei Dank pensioniert. Er müsse nun leider gehen, sagte er, den Ärger hinunterschluckend, er habe um halb zwölf noch eine Sitzung mit der Armendirektion.

Die Armendirektion habe auch mehr mit der Polizei zu tun

als mit dem Finanzdepartement, da stimme etwas nicht, bemerkte darauf der Kommissär, und Lutz mußte wieder das Schlimmste befürchten, doch zu seiner Erleichterung zielte Bärlach auf etwas anderes: «Sie können mir einen Gefallen tun, jetzt, da ich krank bin und zu nichts mehr zu gebrauchen.»

«Aber gern», versprach Lutz.

«Sehen Sie, Doktor, es handelt sich um eine Auskunft. Ich bin für mich privat etwas neugierig und vergnüge mich in meinem Bett mit kriminalistischen Kombinationen. Auch eine alte Katze kann das Mausen nicht lassen. Da finde ich in einem ‹Life› das Bild eines Lagerarztes der SS von Stutthof, namens Nehle. Fragen Sie doch einmal nach, ob der noch in einem Gefängnis lebe oder was sonst aus ihm geworden sei. Wir haben doch den internationalen Dienst für diese Fälle, der uns nichts kostet, seit die SS zur Verbrecherorganisation erklärt worden ist.»

Lutz notierte sich alles.

Er werde nachfragen lassen, versprach er, verwundert über den Spleen des Alten.

Dann verabschiedete er sich.

«Leben Sie wohl und werden Sie gesund», sagte er, indem er die Hand des Kommissärs schüttelte. «Noch diesen Abend will ich Ihnen Bescheid geben lassen, dann können Sie nach Herzenslust kombinieren. Der Blatter ist auch noch da und will Sie grüßen. Ich warte draußen im Wagen.»

So kam denn der große, dicke Blatter herein, und Lutz verschwand.

«Grüß dich, Blatter», sagte Bärlach zum Polizisten, der oft sein Chauffeur gewesen war, «das freut mich, dich zu sehen.»

Es freue ihn auch, sagte Blatter. «Sie fehlen uns, Herr Kommissär. Überall fehlen Sie uns.»

«Nun Blatter, jetzt kommt der Röthlisberger an meinen Platz und wird ein anderes Lied singen, stelle ich mir vor», antwortete der Alte.

«Schade», sagte der Polizist, «ich will ja nichts gesagt haben, und der Röthlisberger ist sicher auch recht, wenn Sie nur wieder gesund werden!»

Blatter kenne doch das Antiquariat in der Matte, das der Jude mit dem weißen Bart besitzt, der Feitelbach? fragte Bärlach.

Blatter nickte: «Der mit den Briefmarken im Schaufenster, die immer die gleichen sind.»

«Dann geh doch diesen Nachmittag dort vorbei und sag dem Feitelbach, er soll mir ‹Gullivers Reisen› ins Salem schikken. Es ist der letzte Dienst, den ich von dir verlange.»

«Das Buch mit den Zwergen und Riesen?» wunderte sich der Polizist.

Bärlach lachte: «Siehst du, Blatter, ich liebe eben Märchen!»

Irgend etwas in diesem Lachen kam dem Polizisten unheimlich vor; aber er wagte nicht zu fragen.

Die Hütte

Noch am selben Mittwoch abend ließ Lutz anläuten. Hungertobel saß gerade am Bett seines Freundes und hatte sich, da er nachher operieren mußte, eine Tasse Kaffee bringen lassen; er wollte die Gelegenheit ein wenig ausnützen, Bärlach im Spital «bei sich» zu haben. Nun klingelte das Telefon und unterbrach das Gespräch der beiden.

Bärlach meldete sich und lauschte gespannt. Nach einer Weile sagte er: «Es ist gut, Favre, schicken Sie mir noch das Material zu», und hängte auf. «Nehle ist tot», sagte er.

«Gott sei Dank», rief Hungertobel aus, «das müssen wir feiern», und steckte sich eine «Little-Rose of Sumatra» in Brand. «Die Schwester wird wohl nicht gerade kommen.»

«Schon am Mittag war es ihr nicht recht», stellte Bärlach fest. «Ich habe mich jedoch auf dich berufen, und sie sagte, das sehe dir ähnlich.»

Wann denn Nehle gestorben sei, fragte der Arzt.

Fünfundvierzig, am zehnten August. Er habe sich in einem Hamburger Hotel das Leben genommen, mit Gift, wie man feststellte, antwortete der Kommissär.

«Siehst du», nickte Hungertobel, «jetzt ist auch der Rest deines Verdachtes ins Wasser gefallen.»

Bärlach blinzelte nach den Rauchwolken, die Hungertobel genießerisch in Ringen und Spiralnebeln aus seinem Munde entließ. Nichts sei so schwer zu ertränken wie ein Verdacht, weil nichts so leicht immer wieder auftauche, antwortete er endlich.

Der Kommissär sei unverbesserlich, lachte Hungertobel, der das Ganze als einen harmlosen Spaß ansah.

«Die erste Tugend des Kriminalisten», antwortete der Alte, und dann fragte er: «Samuel, bist du mit Emmenberger befreundet gewesen?»

«Nein», antwortete Hungertobel, «das nicht, und soviel ich weiß, niemand von uns, die mit ihm studierten. Ich habe immer wieder über den Vorfall mit dem Bild im ‹Life› nachgedacht, Hans, und ich will dir sagen, warum es mir passierte, dieses Scheusal von einem SS-Arzt für Emmenberger zu halten; du hast dir gewiß darüber auch Gedanken gemacht. Viel sieht man ja nicht auf dem Bild, und die Verwechslung muß von etwas anderem als von einer Ähnlichkeit kommen, die sicher auch da ist. Ich habe schon lange nicht mehr an die Geschichte gedacht, nicht nur, weil sie weit zurückliegt, sondern noch mehr, weil sie scheußlich war; und man liebt es, Geschichten zu vergessen, die einem widerwärtig sind. Ich war einmal dabei, Hans, als Emmenberger einen Eingriff ohne Narkose ausführte, und das war für mich wie eine Szene, die in der Hölle vorkommen könnte, wenn es eine gibt.»

«Es gibt eine», antwortete Bärlach ruhig. «Emmenberger hat also so etwas schon einmal gemacht?»

«Siehst du», sagte der Arzt, «es gab damals keinen anderen Ausweg, und der arme Kerl, an dem der Eingriff unternommen werden mußte, lebt noch jetzt. Wenn du ihn siehst, wird er bei allen Heiligen schwören, Emmenberger sei ein Teufel, und das ist ungerecht, denn ohne Emmenberger wäre er nun tot. Doch, offen gestanden, ich kann ihn begreifen. Es war entsetzlich.»

«Wie kam denn das?» fragte Bärlach gespannt.

Hungertobel nahm den letzten Schluck aus seiner Tasse und mußte seine «Little-Rose» noch einmal anzünden. «Eine Zauberei war es nicht, um ehrlich zu sein. Wie in allen Berufen gibt's auch im unsrigen keine Zaubereien. Es brauchte nicht mehr dazu als ein Taschenmesser und Mut, auch, natürlich, Kenntnis der Anatomie. Aber wer von uns jungen Studenten besaß die nötige Geistesgegenwart schon?

Wir waren, etwa fünf Mediziner, vom Kiental aus ins Blümlisalpmassiv gestiegen; wo wir hin wollten, weiß ich nicht mehr, ich bin nie ein großer Bergsteiger gewesen und ein noch schlechterer Geograph. Ich schätze, es war so um das Jahr 1908 herum im Juli, und es war ein heißer Sommer, das ist mir noch deutlich. Übernachtet haben wir auf einer Alp in einer Hütte. Es ist merkwürdig, daß mir vor allem diese Hütte geblieben ist. Ja, manchmal träume ich noch von ihr und schrecke dann schweißgebadet auf; aber eigentlich, ohne dabei an das zu denken, was sich in ihr abspielte. Sicher wird sie nicht anders gewesen sein, als nun eben die Alphütten sind, die den Winter über leer stehen, und das Schreckliche ist allein in meiner Phantasie. Daß dies der Fall sein muß, glaube ich daran zu erkennen, weil ich sie immer mit feuchtem Moos überwachsen vor mir sehe, und das sieht man doch an Alphütten nicht, scheint mir. Man liest oft von Schinderhütten, ohne recht zu wissen, was dies eigentlich sein soll. Nun, unter einer Schinderhütte stelle ich mir so etwas wie diese Alphütte vor. Föhren standen um sie herum und ein Brunnen nicht weit von ihrer Türe. Auch war das Holz dieser Hütte nicht schwarz, sondern weißlich und faulig, und überall in den Ritzen waren Schwämme, doch kann auch das nur eine nachträgliche Einbildung sein; die Jahre liegen in einer so großen Anzahl zwischen heute und diesem Vorfall, daß Traum und Wirklichkeit unentwirrbar ineinander verwoben sind. An eine unerklärliche Furcht erinnere ich mich jedoch noch bestimmt. Sie befiel mich, als wir uns der Hütte über eine mit Felstrümmern übersäte Alp her näherten, die jenen Sommer nicht benutzt wurde und in deren Mulde das Gebäude lag. Ich bin überzeugt, daß diese Furcht alle überfiel, Emmenberger vielleicht ausgenommen. Die Gespräche hörten auf, und jeder schwieg. Der Abend, der hereinbrach, bevor wir noch die Hütte erreichten, war um so schauerlicher, als eine, wie es schien, unerträgliche Zeitspanne lang ein seltsames tiefrotes Licht über dieser menschenleeren Welt von Eis und Stein lag; eine tödliche, außerirdische Beleuchtung, die unsere Gesichter und Hände verfärbte, wie sie auf einem Planeten herrschen muß, der sich weiter von der Sonne entfernt bewegt als der unsrige. So waren wir denn wie gehetzt ins Innere der Hütte gedrungen. Dies war leicht; denn die Türe war unverschlossen. Schon im Kiental hatte man uns gesagt, daß man in dieser Hütte übernachten könne. Der Innenraum war erbärmlich und nichts vorhanden als einige Pritschen. Doch bemerkten wir im schwachen Licht oben unter dem Dach Stroh. Eine schwarze, verbogene Leiter führte hinauf, an der noch Mist und Dreck vom vorigen Jahr klebte. Emmenberger holte draußen vom Brunnen Wasser, mit einer seltsamen Hast, als wüßte er, was nun geschehen sollte. Das ist natürlich unmöglich. Dann machten wir auf dem primitiven Herd Feuer. Ein Kessel war vorhanden. Und da ist denn, in dieser merkwürdigen Stimmung von Grauen und Müdigkeit, die uns gefangenhielt, einer von uns lebensgefährlich verunglückt. Ein dicker Luzerner, Sohn eines Wirts, der wie wir Medizin studierte – wieso wußte eigentlich niemand – und der auch ein Jahr darauf das Studium aufgab, um doch die Wirtschaft zu übernehmen. Dieser etwas linkische Bursche also fiel, da die Leiter zusammenbrach, die er bestiegen hatte, um unter dem Dach das Stroh zu holen, so unglücklich mit der Kehle auf einen vorspringenden Balken in der

Mauer, daß er stöhnend liegenblieb. Der Sturz war heftig. Wir glaubten zuerst, er habe etwas gebrochen, doch fing er nach kurzem an, nach Atem zu ringen. Wir hatten ihn hinaus auf eine Bank getragen, und nun lag er da in diesem fürchterlichen Licht der schon untergegangenen Sonne, das von übereinander geschichteten Wolkenbänken sandigrot niederstrahlte. Der Anblick, den der Verunglückte bot, war beängstigend. Der blutig geschürfte Hals war dick angeschwollen, den Kopf hielt er, während sich der Kehlkopf heftig und ruckweise bewegte, nach hinten. Entsetzt bemerkten wir, daß sein Gesicht immer dunkler wurde, fast schwarz in diesem infernalischen Glühen der Horizonte, und seine weitaufgerissenen Augen glänzten wie zwei weiße, nasse Kiesel in seinem Antlitz. Wir bemühten uns verzweifelt mit feuchten Umschlägen. Vergeblich. Der Hals schwoll immer mehr nach innen, und er drohte zu ersticken. War der Verunglückte zuerst von einer fieberhaften Unruhe erfüllt gewesen, so fiel er jetzt zusehends in Apathie. Sein Atem ging pfeifend, reden konnte er nicht mehr. So viel wußten wir, daß er sich in äußerster Lebensgefahr befand; wir waren ratlos. Es fehlte uns jede Erfahrung und wohl auch die Kenntnis. Wir wußten zwar, daß es eine Notoperation gab, die Hilfe schaffen konnte, aber keiner wagte, daran zu denken. Nur Emmenberger begriff und zögerte auch nicht zu handeln. Er untersuchte eingehend den Luzerner, desinfizierte im kochenden Wasser über dem Herd sein Taschenmesser und führte dann einen Schnitt aus, den wir als Coniotomie bezeichnen, der in Notfällen manchmal angewandt werden muß und bei dem man über dem Kehlkopf, zwischen dem Adamsapfel und dem Ringknorpel mit quergestelltem Messer einsticht, um Luft zu schaffen. Nicht dieser Eingriff war entsetzlich, Hans, der mußte nun wohl mit dem Taschenmesser gemacht werden; sondern das Grauenhafte war etwas anderes, es spielte sich gleichsam zwischen den beiden in ihren Gesichtern ab. Wohl war der Verunglückte schon fast betäubt vor Atemnot, aber noch waren seine Augen offen, ja weit aufgerissen, und so mußte er noch alles bemerken, was geschah, wenn auch vielleicht wie im Traum; und als Emmenberger diesen Schnitt ausführte, mein Gott, Hans, hatte er die Augen ebenfalls weit aufgerissen, sein Gesicht verzerrte sich; es war plötzlich, als breche aus diesen Augen etwas Teuflisches, eine Art übermäßiger Freude, zu quälen, oder wie man dies sonst nennen soll, daß ich eine menschliche Angst empfand, wenn auch nur für eine Sekunde; denn schon war alles vorbei. Doch glaube ich, das hat niemand außer mir empfunden; denn die andern wagten nicht hinzusehen. Ich glaube auch, daß dies zum großen Teil Einbildung ist, was ich erlebte, daß die finstere Hütte und das unheimliche Licht an diesem Abend das ihre zu dieser Täuschung beigetragen haben; merkwürdig am Vorfall ist nur, daß später der Luzerner, dem Emmenberger durch die Coniotomie das Leben rettete, niemals mehr mit diesem gesprochen hat, ja ihm kaum dankte, was ihm von vielen übelgenommen wurde. Über Emmenberger hingegen hat man sich seitdem immer anerkennend geäußert, er galt als ganz großes Licht. Seine Laufbahn war seltsam. Wir hatten geglaubt, er werde Karriere machen, aber es lag ihm nichts daran. Er studierte viel und wild durcheinander. Die Physik, die Mathematik, nichts schien ihn zu befriedigen; auch in philosophischen und theologischen Vorlesungen wurde er gesehen. Das Examen war glänzend, doch übernahm er später nie eine Praxis, arbeitete in Stellvertretungen, auch bei mir, und ich muß zugeben, die Patienten waren begeistert von ihm, außer einigen, die ihn nicht mochten. So führte er ein unruhiges und einsames Leben, bis er endlich auswanderte; er veröffentlichte seltsame Traktate, so eine Schrift über die Berechtigung der Astrologie, die etwas vom Sophistischsten ist, was ich je gelesen habe. Soweit ich informiert bin, hatte niemand zu ihm Zugang, auch wurde er ein zynischer, unzuverlässiger Patron, um so unangenehmer, weil sich seinem Witz niemand gewachsen zeigte. Verwundert hat es uns nur, daß er in Chile plötzlich so anders wurde, was für eine nüchterne und wissenschaftliche Arbeit er dort drüben leistete; das muß durchaus am Klima liegen, oder an der Umgebung. In der Schweiz ist er ja wieder gleich der alte geworden, der er von jeher gewesen ist.»

Hoffentlich habe er das Traktat über die Astrologie aufbewahrt, sagte Bärlach, als Hungertobel geendet hatte.

Er könne es ihm morgen mitbringen, antwortete der Arzt.

Das sei also die Geschichte, meinte der Kommissär nachdenklich.

«Du siehst», sagte Hungertobel, «ich habe vielleicht doch in meinem Leben zuviel geträumt.»

«Träume lügen nicht», entgegnete Bärlach.

«Vor allem die Träume lügen», sagte Hungertobel. «Aber du mußt mich entschuldigen, ich habe zu operieren», und damit erhob er sich von seinem Stuhl.

Bärlach reichte ihm die Hand. «Ich will hoffen, keine Coniotomie, oder wie du das nennst.»

Hungertobel lachte. «Einen Leistenbruch, Hans; der ist mir sympathischer, wenn es auch, offen gesagt, schwerer ist. Doch jetzt mußt du Ruhe haben. Unbedingt. Du hast nichts nötiger als einen zwölfstündigen Schlaf.»

Gulliver

Doch schon gegen Mitternacht wachte der Alte auf, als vom Fenster her ein leises Geräusch kam und kalte Nachtluft ins Krankenzimmer strömte.

Der Kommissär machte nicht sofort Licht, sondern überlegte sich, was denn eigentlich vor sich gehe. Endlich erriet er, daß der Rolladen langsam nach oben geschoben wurde. Die Dunkelheit, die ihn umgab, wurde aufgehellt, schemenhaft blähten sich die Vorhänge im ungewissen Licht, dann hörte er, wie sich der Rolladen wieder vorsichtig nach unten bewegte. Aufs neue umgab ihn die undurchdringliche Finsternis der Mitternacht, doch spürte er, wie sich eine Gestalt vom Fenster her ins Zimmer schob.

«Endlich», sagte Bärlach. «Da bist du ja, Gulliver», und drehte seine Nachttischlampe an.

Im Zimmer stand in einem alten, fleckigen und zerrissenen Kaftan ein riesenhafter Jude, vom Licht der Lampe rot beschienen.

Der Alte legte sich wieder in die Kissen zurück, die Hände hinter dem Kopf. «Ich habe mir halb gedacht, daß du mich noch diese Nacht besuchen würdest. Daß du dich auch auf die Fassadenkletterei verstehst, konnte ich mir ja vorstellen», sagte er.

«Du bist mein Freund», erwiderte der Eingedrungene, «so bin ich gekommen.» Sein Kopf war kahl und mächtig, die Hände edel, aber alles mit fürchterlichen Narben bedeckt, die von unmenschlichen Mißhandlungen zeugten, doch hatte nichts vermocht, die Majestät dieses Gesichts und dieses Menschen zu zerstören. Der Riese stand unbeweglich mitten im Zimmer, leicht gebückt, die Hände auf den Schenkeln; geisterhaft lag sein Schatten an der Wand und an den Vorhängen, die wimperlosen, diamantenen Augen blickten mit einer unerschütterlichen Klarheit nach dem Alten.

«Wie konntest du wissen, daß ich in Bern anwesend zu sein nötig habe?» kam es aus dem zerschlagenen, fast lippenlosen Mund, in einer umständlichen, überängstlichen Ausdrucksweise, wie von einem, der sich in zu vielen Sprachen bewegt und sich nun nicht sofort im Deutschen zurechtfindet; doch war seine Aussprache akzentlos. «Gulliver läßt keine Spur zurück», sagte er dann nach kurzem Schweigen. «Ich arbeite unsichtbar.»

«Jeder läßt eine Spur zurück», entgegnete der Kommissär. «Die deine ist die, ich kann es dir ja sagen: Wenn du in Bern bist, läßt Feitelbach, der dich versteckt, wieder einmal im Anzeiger ein Inserat erscheinen, daß er alte Bücher und Marken verkauft. Dann hat nämlich der Feitelbach etwas Geld, denke ich

Der Jude lachte: «Die große Kunst Kommissär Bärlachs besteht darin, das Einfache zu finden.»

«Nun kennst du deine Spur», sagte der Alte. Es gebe nichts Schlimmeres als einen Kriminalisten, der seine Geheimnisse ausplaudere.

«Für den Kommissär Bärlach werde ich meine Spur stehenlassen. Feitelbach ist ein armer Jude. Er wird es nie verstehen, ein Geschäft zu machen.»

Damit setzte sich das mächtige Gespenst an des Alten Bett. Er griff in seinen Kaftan und holte eine große, staubige Flasche und zwei kleine Gläser hervor. «Wodka», meinte der Riese. «Wir wollen zusammen trinken, Kommissär, wir haben immer zusammen getrunken.»

Bärlach schnupperte am Glas, er liebte bisweilen den Schnaps, doch hatte er kein gutes Gewissen, er dachte sich, daß Dr. Hungertobel große Augen machen würde, wenn er dies alles sähe: den Schnaps, den Juden und die Mitternacht, in der man doch schon längst schlafen sollte. Ein schöner Kranker, würde Hungertobel wettern und einen Spektakel veranstalten, er kannte ihn doch.

«Wo kommt denn der Wodka her?» fragte er, als er den ersten Schluck genommen hatte. «Der ist aber gut.»

«Aus Rußland», lachte Gulliver. «Den habe ich von den Sowjetern.»

«Bist du denn wieder in Rußland gewesen?»

«Mein Geschäft, Kommissar.»

«Kommissär», verbesserte ihn Bärlach. «Im Bernischen gibt's nur Kommissäre. Hast du denn deinen scheußlichen Kaftan auch im Sowjetparadies nicht ausgezogen?»

«Ich bin ein Jude und trage meinen Kaftan, das habe ich geschworen. Ich liebe das Nationalkostüm meines armen Volkes», antwortete Gulliver.

«Gib mir doch noch einen Wodka», sagte Bärlach.

Der Jude füllte die beiden Gläser.

«Hoffentlich war die Fassadenkletterei nicht zu schwierig»,

meinte Bärlach stirnrunzelnd. «Das ist wieder etwas Gesetzwidriges, was du da heute nacht angestellt hast.»

Gulliver dürfe nicht gesehen werden, gab der Jude knapp zur Antwort.

«Um acht ist es doch schon längst dunkel, und man hätte dich hier im Salem sicher zu mir hereingelassen. Es ist ja keine Polizei da.»

«Dann kann ich auch ebensogut fassadenklettern», entgegnete der Riese und lachte. «Es war ein Kinderspiel, Kommissar. Den Kännel hinauf und einen Mauervorsprung entlang.»

«Es ist doch gut, daß ich pensioniert werde.» Bärlach schüttelte den Kopf. «Dann habe ich so etwas wie dich nicht mehr auf dem Gewissen. Ich hätte dich schon längst hinter Schloß und Riegel stecken sollen und dabei einen Fang getan, der mir in ganz Europa hoch angerechnet worden wäre.»

«Du wirst es nicht tun, weil du weißt, wofür ich kämpfe», antwortete der Jude unbeweglich.

«Du könntest dir doch wirklich einmal so etwas wie Papiere verschaffen», schlug der Alte vor. «Ich habe zwar nicht viel übrig für dergleichen; aber irgendeine Ordnung muß in Gottes Namen sein.»

«Ich bin gestorben», sagte der Jude. «Die Nazis haben mich erschossen.»

Bärlach schwieg. Er wußte, worauf der Riese anspielte. Das Licht der Lampe umgab die Männer mit einem ruhigen Kreis. Irgendwoher schlug es Mitternacht. Der Jude schenkte Wodka ein. Seine Augen blitzten in einer sonderbaren Heiterkeit höherer Art.

«Als unsere Freunde von der SS mich an einem schönen Maientag des Jahres fünfundvierzig bei angenehmster Witterung – an eine kleine weiße Wolke erinnere ich mich noch gut – in irgendeiner hundsgemeinen Kalkgrube inmitten fünfzig erschossener Männer meines armen Volkes aus Versehen liegen ließen und als ich mich nach Stunden blutüberströmt unter den Flieder verkriechen konnte, der nicht weit davon blühte, so daß mich das Kommando, welches das Ganze zuschaufelte, übersah, habe ich geschworen, von nun an immer diese armselige Existenz eines geschändeten und geprügelten Stück Viehs zu führen, wenn es schon Gott gefalle, daß wir in diesem Jahrhundert oft wie die Tiere zu leben haben. Von da an habe ich nur noch in der Dunkelheit der Gräber gelebt und mich in Kellern und ähnlichem aufgehalten, nur die Nacht hat mein Antlitz gesehen, und nur die Sterne und der Mond diesen armseligen und tausendmal zerfetzten Kaftan beschienen. Das ist recht so. Die Deutschen haben mich getötet, und ich habe bei meiner ehemaligen arischen Frau – sie ist jetzt tot, und das ist gut für dieses Weib – meinen Totenschein gesehen, den sie per Reichspost bekam, er war gründlich ausgeführt und machte den guten Schulen alle Ehre, in denen man dieses Volk zur Zivilisation erzieht. Tot ist tot, das gilt für Jude und Christ, verzeih die Reihenfolge, Kommissar. Für einen Toten gibt es keine Papiere, das mußt du zugeben, und keine Grenzen; er kommt in jedes Land, wo es noch verfolgte und gemarterte Juden gibt. Prosit, Kommissar, ich trinke auf unsere Gesundheit!»

Die zwei Männer tranken ihre Gläser leer; der Mann im Kaftan schenkte neuen Wodka ein und sagte, indem sich seine Augen zu zwei funkelnden Schlitzen zusammenzogen: «Was willst du von mir, Kommissar Bärlach?»

«Kommissär», verbesserte der Alte.

«Kommissar», behauptete der Jude.

«Ich möchte eine Auskunft von dir», sagte Bärlach.

«Eine Auskunft ist gut», lachte der Riese. «Sie ist Goldes wert, eine solide Auskunft. Gulliver weiß mehr als die Polizei.»

«Das werden wir sehen. Du bist in allen Konzentrationslagern gewesen, das hast du mir gegenüber einmal erwähnt. Du erzählst ja sonst wenig von dir», sagte Bärlach.

Der Jude füllte die Gläser. «Man hat meine Person einmal so überaus wichtig genommen, daß man mich von einer Hölle in die andere schleppte, und es gab deren mehr als die neun, von denen Dante singt, der in keiner war. Von jeder habe ich tüchtige Narben mit in mein Leben nach dem Tode gebracht.» Er streckte seine linke Hand aus. Sie war verkrüppelt.

«So kennst du vielleicht einen Arzt der SS namens Nehle?» fragte der Alte gespannt.

Der Jude schaute einen Augenblick lang nachdenklich auf den Kommissär. «Meinst du den vom Lager Stutthof?» fragte er dann.

«Den», antwortete Bärlach.

Der Riese sah den Alten spöttisch an. «Der hat sich am zehnten August fünfundvierzig in Hamburg in einem armseligen Hotel das Leben genommen», sagte er nach einer Weile.

Bärlach dachte etwas enttäuscht: «Gulliver weiß einen Dreck mehr als die Polizei», und er sagte: «Bist du jemals in deiner Laufbahn – oder wie man das schon nennen soll – Nehle begegnet?»

Der zerlumpte Jude sah den Kommissär erneut prüfend an, und sein narbenüberdecktes Antlitz verzog sich zu einer Grimasse. «Was frägst du nach dieser ausgefallenen Bestie?» erwiderte er dann.

Bärlach überlegte, wie weit er sich dem Juden eröffnen sollte, beschloß jedoch, zu schweigen und den Verdacht, den er gegen Emmenberger gefaßt hatte, bei sich zu behalten.

«Ich sah sein Bild», sagte er deshalb, «und es interessiert mich, was aus so einem geworden ist. Ich bin ein kranker Mann, Gulliver, und muß noch lange liegen, immer Molière lesen geht auch nicht, da hängt man eben seinen Gedanken nach. So nimmt es mich denn wunder, was ein Massenmörder wohl für ein Mensch ist.»

«Alle Menschen sind gleich. Nehle war ein Mensch. Also war Nehle wie alle Menschen. Das ist ein perfider Syllogismus, doch kann niemand gegen ihn aufkommen», antwortete der Riese und ließ Bärlach nicht aus den Augen. Nichts in seinem mächtigen Gesicht verriet, was er denken mochte.

«Ich nehme an, du wirst Nehles Bild im ‹Life› gesehen haben, Kommissar», fuhr der Jude fort. «Es ist das einzige Bild, das von ihm existiert. So sehr man suchte auf dieser schönen Welt, nie ist ein anderes zum Vorschein gekommen. Das ist um so peinlicher, als ja auf dem berühmten Bild nicht viel von diesem sagenhaften Folterknecht zu erkennen ist.»

«Nur ein Bild gibt es also», sagte Bärlach nachdenklich. «Wie ist das möglich?»

«Der Teufel sorgt für die Auserwählten seiner Gemeinde besser, als es der Himmel für die seinen tut, und ließ verschiedene Umstände zusammenkommen», antwortete der Jude spöttisch. «In der Liste der SS, wie sie jetzt zum Gebrauch der Kriminalogie in Nürnberg aufbewahrt wird, ist Nehle nicht eingetragen, sein Name befindet sich auch nicht in einem anderen Verzeichnis; er wird der SS nicht angehört haben. Die offiziellen Berichte aus dem Lager Stutthof an das SS-Führerhauptquartier erwähnen seinen Namen nie, auch in den beigelegten Tabellen über den Stand des Personals ist er unterschlagen. Es haftet dieser Gestalt, die ungezählte Opfer auf dem ruhigen Gewissen hat, etwas Legendenhaftes und Illegales an, als ob sich auch die Nazis ihrer geschämt hätten. Und doch lebte Nehle, und niemand hat je gezweifelt, daß er existierte, nicht einmal die ausgekochtesten Atheisten; denn an einen Gott, der die teuflischsten Qualen ausheckt, glaubt man am schnellsten. So haben wir denn dazumal in den Konzentrationslagern, die Stutthof gewiß in nichts nachstanden, immer von ihm gesprochen, wenn auch mehr wie von einem Gerücht als von einem der bösesten und unbarmherzigsten Engel in diesem Paradies der Richter und Henker. Das wurde auch nicht besser, als sich der Nebel zu lichten begann. Vom Lager selbst war niemand mehr vorhanden, den man hätte ausfragen können. Stutthof liegt bei Danzig. Die wenigen Häftlinge, welche die Torturen überstanden, wurden von der SS niedergemacht, als die Russen kamen, die dafür an den Wärtern die Gerechtigkeit vollzogen und sie aufknüpften:

Nehle jedoch befand sich nicht unter den Galgenvögeln, Kommissar. Er mußte vorher das Lager verlassen haben.»

«Der wurde doch gesucht», sagte Bärlach.

Der Jude lachte: «Wer wurde damals nicht gesucht, Bärlach! Das ganze deutsche Volk war zu einer kriminellen Affäre geworden. Doch an Nehle hätte sich kein Mensch mehr erinnert, weil sich kein Mensch mehr hätte erinnern können, seine Verbrechen wären unbekannt geblieben, wenn nicht bei Kriegsende im ‹Life› dieses Bild erschienen wäre, das du kennst, das Bild einer kunstgerechten und meisterhaften Operation mit dem kleinen Schönheitsfehler, daß sie ohne Narkose durchgeführt wurde. Die Menschheit war pflichtgemäß empört, und so fing man denn an zu suchen. Sonst hätte sich Nehle unbehelligt ins Privatleben zurückziehen können, um sich in einen harmlosen Landarzt zu verwandeln oder als Badedoktor irgendein kostspieliges Sanatorium zu leiten.»

«Wie kam denn das ‹Life› zu diesem Bild?» fragte der Alte ahnungslos. «Das Einfachste in der Welt», antwortete der Riese gelassen. «Ich habe es ihm gegeben!»

Bärlach schnellte mit dem Oberkörper hoch und starrte dem Juden überrascht ins Gesicht. Gulliver wisse doch mehr als die Polizei, dachte er bestürzt. Das abenteuerliche Leben, das dieser zerfetzte Riese führte, dem unzählige Juden ihre Rettung verdankten, spielte sich in Gebieten ab, wo die Fäden der Verbrechen und der ungeheuerlichsten Laster zusammenliefen. Ein Richter aus eigenen Gesetzen saß vor Bärlach, der nach eigener Willkür richtete, freisprach und verdammte, unabhängig von den Zivilgesetzbüchern und dem Strafvollzug der glorreichen Vaterländer dieser Erde.

«Trinken wir Wodka», sagte der Jude. «So ein Schnaps tut immer gut. An den muß man sich halten, sonst verliert man auf diesem gottverlassenen Planeten noch jede süße Illusion.»

Und er füllte die Gläser und schrie: «Es lebe der Mensch!» Dann stürzte er das Glas hinunter und sagte: «Aber wie? Das ist oft schwierig.»

Er solle nicht so schreien, sagte der Kommissär, sonst komme die Nachtschwester. Sie seien in einem soliden Spital.

«Die Christenheit, die Christenheit», sagte der Jude. «Sie hat gute Krankenschwestern hervorgebracht und ebenso tüchtige Mörder.»

Einen Moment dachte der Alte, es sei doch jetzt genug mit dem Wodka, aber schließlich trank er auch.

Das Zimmer drehte sich einen Moment, Gulliver erinnerte ihn an eine riesige Fledermaus, dann blieb das Zimmer wieder ruhig, wenn auch ein wenig schräg. Aber das mußte man wohl in Kauf nehmen.

«Du hast Nehle gekannt», sagte Bärlach.

Der Riese antwortete, er habe gelegentlich mit ihm zu tun gehabt, und beschäftigte sich weiter mit seinem Wodka. Dann fing er an zu erzählen, aber nun nicht mehr mit der kalten, klaren Stimme von vorher, sondern in einem merkwürdig singenden Ton, der sich verstärkte, wenn die Ironie und der Spott mitschwangen, manchmal aber auch leise wurde, gedämpft, so daß Bärlach begriff, daß alles, auch das Wilde und Höhnische nur ein Ausdruck einer unermeßlichen Trauer war über den unbegreiflichen Sündenfall einer einst schönen, von Gott erschaffenen Welt. So saß nun in der Mitternacht dieser riesenhafte Ahasver bei ihm, dem alten Kommissär, der da todkrank in seinem Bette lag und den Worten des jammervollen Mannes lauschte, den die Geschichte unserer Epoche zu einem düsteren, furchterregenden Todesengel geschaffen hatte.

«Es war im Dezember vierundvierzig», berichtete Gulliver in seinem Singsang, halb in Wodka versponnen, auf dessen Meeren sich sein Schmerz wie eine dunkle, ölige Fläche ausbreitete, «und dann noch im Januar des folgenden Jahres, als die glasige Sonne der Hoffnung eben fern an den Horizonten über Stalingrad und Afrika emporstieg. Und doch waren diese Monate verflucht, Kommissar, und ich habe zum erstenmal bei allen unseren ehrwürdigen Talmudisten und ihren grauen Bärten geschworen, daß ich sie nicht überlebe. Daß dies doch geschah, lag an Nehle, dessen Leben zu erfahren du so begierig bist. Von diesem Jünger der Medizin darf ich dir melden, daß er mir das Leben rettete, indem er mich in die unterste Hölle tauchte und an den Haaren wieder emporriß, eine Methode, der meines Wissens nur einer widerstand, ich nämlich, der ich verflucht bin, alles zu überstehen; und aus übergroßer Dankbarkeit habe ich denn nicht gezögert, ihn zu verraten, indem ich ihn fotografierte. In dieser verkehrten Welt gibt es Wohltaten, die man nur mit Schurkereien bezahlen kann.»

«Ich verstehe nicht, was du da erzählst», entgegnete der Kommissär, der nicht recht wußte, ob dabei der Wodka im Spiele stand oder nicht.

Der Riese lachte und holte eine zweite Flasche aus seinem Kaftan. «Verzeih», sagte er, «ich mache lange Sätze, aber meine Qualen waren noch länger. Es ist einfach, was ich sagen will: Nehle hat mich operiert. Ohne Narkose. Mir wurde diese unerhörte Ehre zuteil. Verzeih zum zweitenmal, Kommissar, aber ich muß Wodka trinken und dies wie Wasser, wenn ich daran denke, denn es war scheußlich.»

«Teufel», rief Bärlach aus, und dann noch einmal in die Stille des Spitals hinein: «Teufel». Er hatte sich halb aufgerichtet und hielt dem Ungeheuer, das an seinem Bette saß, mechanisch das leere Glas hin.

«Die Geschichte braucht nichts als ein wenig Nerven, sie zu vernehmen; aber weniger, als sie zu erleben», fuhr der Jude im alten, verschimmelten Kaftan mit singendem Tone fort. «Man sollte die Dinge endlich vergessen, sagt man, und dies nicht nur in Deutschland; in Rußland kämen jetzt auch Grausamkeiten vor und Sadisten gebe es überall; aber ich will nichts vergessen und dies nicht nur, weil ich ein Jude bin – sechs Millionen meines Volkes haben die Deutschen getötet, sechs Millionen! –; nein, weil ich immer noch ein Mensch bin, auch wenn ich in meinen Kellerlöchern mit den Ratten lebe! Ich weigere mich, einen Unterschied zwischen den Völkern zu machen und von guten und schlechten Nationen zu sprechen;

aber einen Unterschied zwischen den Menschen muß ich machen, das ist mir eingeprügelt worden, und vom ersten Hieb an, der in mein Fleisch fuhr, habe ich zwischen Peinigern und Gepeinigten unterschieden. Die neuen Grausamkeiten anderer Wärter in anderen Ländern ziehe ich nicht von der Rechnung ab, die ich den Nazis entgegenhalte und die sie mir bezahlen müssen, sondern ich zähle sie dazu. Ich nehme mir die Freiheit, nicht zwischen denen zu unterscheiden, die quälen. Sie haben alle dieselben Augen. Wenn es einen Gott gibt, Kommissar, und nichts erhofft mein geschändetes Herz mehr, so sind vor ihm keine Völker, sondern nur Menschen, und er wird jeden nach dem Maß seiner Verbrechen richten und nach dem Maß seiner Gerechtigkeit freisprechen. Christ, Christ, vernimm, was ein Jude dir erzählt, dessen Volk euren Heiland gekreuzigt hat und der nun mit seinem Volk von den Christen ans Kreuz geschlagen wurde: Da lag ich im Elend meines Fleisches und meiner Seele im Konzentrationslager Stutthof, in einem Vernichtungslager, wie man sie nennt, in der Nähe der altehrwürdigen Stadt Danzig, der zuliebe dieser verbrecherische Krieg ausgebrochen war, und dort ging es dann radikal zu. Jehova war fern, mit anderen Welten beschäftigt, oder er studierte an einem theologischen Problem herum, das gerade seinen erhabenen Geist in Anspruch nahm, kurz, um so übermütiger wurde sein Volk in den Tod getrieben, vergast und erschossen, je nach Laune der SS, und wie's die Witterung ergab: bei Ostwind wurde gehängt, und bei Südwind hetzte man Hunde auf Juda. Da war denn also auch dieser Doktor Nehle vorhanden, auf dessen Schicksal du so begierig bist, Mann einer sittlichen Weltordnung. Er war einer der Lagerärzte, von denen es in jedem Lager ganze Geschwüre voll gab; Schmeißfliegen, die sich mit wissenschaftlichem Eifer dem Massenmord hingaben, die Häftlinge zu Hunderten mit Luft, Phenol, Karbolsäure und was sonst noch zu diesem infernalischen Vergnügen zwischen Himmel und Erde zur Verfügung stand, abspritzten oder gar, wenn es darauf ankam, ihre Versuche am Menschen ohne Narkose ausführten, aus Not, wie sie versicherten, da der dicke Reichsmarschall ja die Vivisektion an Tieren verboten hatte. Nehle befand sich demnach nicht allein. – Es wird nun nötig sein, daß ich von ihm spreche. Ich habe mir im Verlauf meiner Reise durch die verschiedenen Lager die Peiniger genau angesehen und lernte, wie man so sagt, meine Brüder kennen. Nehle zeichnete sich in seinem Metier in vielem aus. Die Grausamkeit der andern machte er nicht mit. Ich muß zugeben, daß er den Gefangenen half, so gut dies möglich war und soweit dies in einem Lager, dessen Bestimmung darin bestand, alles zu vernichten, überhaupt noch einen Zweck hatte. Er war in einem ganz anderen Sinn als die anderen Ärzte fürchterlich, Kommissar. Seine Experimente zeichneten sich nicht durch erhöhte Quälereien aus; auch bei den andern starben die kunstvoll gefesselten Juden brüllend unter den Messern am Schock, den die Schmerzen auslösten, und nicht an der ärztlichen Kunst. Seine Teufelei war, daß er all dies mit der Zustimmung seiner Opfer ausführte. So unwahrscheinlich es ist, Nehle operierte nur Juden, die sich freiwillig meldeten, die genau wußten, was ihnen bevorstand, die sogar, das setzte er zur Bedingung, den Operationen beiwohnen mußten, um die vollen Schrecken der Tortur zu sehen, bevor sie ihre Zustimmung geben konnten, nun dasselbe zu erleiden.»

«Wie war dies möglich?» fragte Bärlach atemlos.

«Die Hoffnung», lachte der Riese, und seine Brust hob und senkte sich. «Die Hoffnung, Christ.» Seine Augen funkelten in einer unergründlichen, tierhaften Wildheit, die Narben seines Gesichts hoben sich überdeutlich ab, die Hände lagen gleich Tatzen auf Bärlachs Bettdecke, der zerschlagene Mund, der gierig immer neue Mengen Wodka in diesen geschändeten Leib sog, stöhnte in weltferner Trauer: «Glaube, Hoffnung, Liebe, diese drei, wie es so schön im Korinther dreizehn heißt. Aber die Hoffnung ist die zäheste unter ihnen, das steht bei mir, dem Juden Gulliver, mit roten Malen in mein Fleisch gezeichnet. Die Liebe und der Glaube, die gingen in Stutthof zum Teufel, aber die Hoffnung, die blieb, mit der ging man zum Teufel. Die Hoffnung, die Hoffnung! Die hatte Nehle fixfertig in der Tasche und bot sie jedem, der sie haben wollte, und es wollten sie viele haben. Es ist nicht zu glauben, Kommissar, aber Hunderte ließen sich von Nehle ohne Narkose operieren, nachdem sie zitternd und totenbleich ihren Vordermann auf dem Operationstisch hatten krepieren sehen und immer noch nein sagen konnten, und dies alles auf die bloße Hoffnung hin, die Freiheit zu erlangen, wie ihnen Nehle versprach. Die Freiheit! Wie muß der Mensch sie lieben, daß er alles zu dulden gewillt ist, sie zu bekommen, so sehr, daß er auch damals in Stutthof freiwillig in die flammendste Hölle ging, nur um diesen erbärmlichen Bankert von Freiheit zu umarmen, der ihm da geboten wurde. Die Freiheit ist bald eine Dirne und bald eine Heilige, für jeden etwas anderes, für einen Arbeiter etwas anderes, für einen Geistlichen etwas anderes, für einen Bankier etwas anderes und für einen armen Juden in einem Vernichtungslager, wie Auschwitz, Lublin, Maidanek, Natzweiler und Stutthof, wieder etwas anderes: Da war Freiheit alles, was außerhalb dieses Lagers war, aber nicht Gottes schöne Welt, o nein, man hoffte in grenzenloser Bescheidenheit nur, wieder nach einem so angenehmen Orte wie Buchenwald oder Dachau zurückversetzt zu werden, in denen man jetzt die goldene Freiheit sah, wo man nicht Gefahr lief, vergast, sondern nur zu Tode geprügelt zu werden, wo noch ein Tausendstel Promille Hoffnung bestand, durch einen unwahrscheinlichen Zufall doch gerettet zu werden, gegenüber der absoluten Sicherheit des Todes in den Vernichtungslagern. Mein Gott, Kommissar, laß uns kämpfen, daß die Freiheit für alle die gleiche wird, daß sich keiner vor dem andern für seine Freiheit zu schämen hat! Es ist zum Lachen: die Hoffnung, in ein anderes Konzentrationslager zu kommen, trieb die Leute in Massen, oder wenigstens in größerer Zahl auf Nehles Schinderbrett; es ist zum Lachen (hier stimmte der

Jude wirklich ein Hohngelächter der Verzweiflung an und der Wut), und auch ich, Christ, habe mich auf den blutigen Schragen gelegt, sah Nehles Messer und seine Zangen im Lichte des Scheinwerfers schattenhaft über mir und tauchte dann unter in die unendlich abgestuften Orte der Qualen, in diese gleißenden Spiegelkabinette der Schmerzen, die uns immer qualvoller enthüllen! Auch ich ging hinein zu ihm in der Hoffnung, doch noch einmal davonzukommen, doch noch einmal dieses gottverfluchte Lager zu verlassen; denn, da sich dieser famose Psychologe Nehle sonst als hilfsbereit und zuverlässig erwies, glaubte man ihm in diesem Punkt, wie man stets an ein Wunder glaubt, wenn die Not am größten ist. Wahrlich, wahrlich, er hat Wort gehalten! Als ich als einziger eine sinnlose Magenresektion überstand, ließ er mich gesundpflegen und schickte mich in den ersten Tagen des Februars nach Buchenwald zurück, das ich jedoch nach endlosen Transporten nie erreichen sollte; denn da kam in der Nähe der Stadt Eisleben jener schöne Maientag mit dem blühenden Flieder, unter den ich mich verkroch. – Das sind die Taten des vielgewanderten Mannes, der vor dir sitzt an deinem Bett, Kommissar, seine Leiden und seine Reisen durch die blutigen Meere des Unsinns dieser Epoche, und immer noch wird das Wrack meines Leibes und meiner Seele weitergeschwemmt durch die Strudel unserer Zeit, die Millionen um Millionen verschlingen, Unschuldige und Schuldige gleichermaßen. Aber nun ist auch die zweite Flasche Wodka leergetrunken, und es ist notwendig, daß Ahasver den Weg über die Staatsstraße des Mauervorsprungs und des Kännels zurück zum feuchten Keller in Feitelbachs Hause nimmt.»

Der Alte jedoch ließ Gulliver, der sich erhoben hatte und dessen Schatten das Zimmer bis zur Hälfte in Dunkelheit hüllte, noch nicht gehen.

Was Nehle denn für ein Mensch gewesen sei, fragte er, und seine Stimme war kaum mehr denn ein Flüstern.

«Christ», sagte der Jude, der die Flaschen und die Gläser

37

wieder in seinem schmutzigen Kaftan verborgen hatte: «Wer wüßte auf deine Frage zu antworten? Nehle ist tot, er hat sich bloß das Leben genommen, sein Geheimnis ist bei Gott, der über Himmel und Hölle regiert, und Gott gibt seine Geheimnisse nicht mehr her, nicht einmal den Theologen. Es ist tödlich, nachzuforschen, wo es nur Totes gibt. Wie oft habe ich mich bemüht, hinter die Maske dieses Arztes zu schleichen, mit dem kein Gespräch möglich war, der auch mit niemandem von der SS oder von den anderen Ärzten verkehrte, geschweige denn mit einem Häftling! Wie oft versuchte ich zu ergründen, was hinter seinen funkelnden Brillengläsern vor sich ging! Was sollte ein armer Jude wie ich tun, wenn er seinen Peiniger nie anders als mit halbverhülltem Gesicht im Operationskittel sah? Denn so, wie ich unter Lebensgefahr Nehle fotografiert habe – nichts war gefährlicher, als im Konzentrationslager zu fotografieren –, war er stets: eine in Weiß gehüllte, hagere Gestalt, die leicht gebückt und lautlos, wie aus Furcht, sich anzustecken, in diesen Baracken voll grauser Not und Jammers herumging. Er war darauf aus, vorsichtig zu sein, denke ich. Er rechnete wohl immer damit, daß eines schönen Tages der ganze infernalische Spuk der Konzentrationslager verschwinden würde – um anderswo wie ein Aussatz mit anderen Peinigern und anderen politischen Systemen aufs neue aus den Tiefen des menschlichen Instinkts hervorzubrechen. So mußte er seit jeher seine Flucht ins Privatleben vorbereitet haben, als sei er in der Hölle nur fakultativ angestellt. Danach habe ich meinen Schlag berechnet, Kommissar, und ich habe gut gezielt: Als das Bild im ‹Life› erschien, hat Nehle sich erschossen; es genügte dazu, daß die Welt seinen Namen wußte, Kommissar, denn wer vorsichtig ist, verbirgt seinen Namen (das war das letzte, was der Alte von Gulliver hörte, es war wie der dumpfe Schlag einer ehernen Glocke, schrecklich dröhnend im Ohr des Kranken), seinen Namen!»

Nun tat der Wodka seine Wirkung. Zwar war dem Kranken noch, als ob sich die Vorhänge da drüben am Fenster wie die

Segel eines dahinschwindenden Schiffes blähten, als ob ferner das Rasseln eines Rolladens vernehmbar sei, der sich in die Höhe schob; dann, noch undeutlicher, als ob ein riesenhafter, massiger Leib hinab in die Nacht tauche; aber dann, da durch die klaffende Wunde des offenen Fensters die unabsehbare Fülle der Sterne brach, stieß im Alten ein unbändiger Trotz hoch, in dieser Welt zu bestehen und für eine andere, bessere, zu kämpfen, zu kämpfen auch mit diesem seinem jammervollen Leib, an welchem der Krebs fraß, gierig und unaufhaltsam, und dem man noch ein Jahr gab und nicht mehr, grölend sang er, als der Wodka wie Feuer in seinen Eingeweiden zu brennen anfing, den Berner Marsch hinein in die Stille des Spitals, daß die Kranken unruhig wurden. Nichts Kräftigeres fiel ihm ein; doch war er dann, als die fassungslose Nachtschwester hereinstürzte, schon eingeschlafen.

Die Spekulation

Am andern Morgen, es war Donnerstag, erwachte Bärlach, wie vorauszusehen war, erst gegen zwölf, kurz bevor das Mittagessen gebracht wurde. Sein Kopf schien ihm ein wenig schwer, aber sonst fühlte er sich wohl wie schon lange nicht und dachte, hin und wieder ein richtiger Schluck Schnaps sei doch das Beste, besonders wenn man schon im Bett liege und nicht trinken dürfe. Auf dem Nachttisch lag die Post; Lutz hatte Bericht über Nehle schicken lassen. Über die Organisation bei der Polizei ließ sich heute wirklich nichts mehr sagen, vor allem nicht, wenn man nun pensioniert wurde, was übermorgen Gott sei Dank der Fall war; in Konstantinopel mußte man Anno dazumal monatelang auf eine Auskunft warten. Doch bevor sich der Alte hinters Lesen machen konnte, brachte die Krankenschwester das Essen. Es war die Schwester Lina, die er besonders mochte, doch schien sie ihm heute reserviert, gar nicht mehr ganz so wie früher. Es wurde dem Kommissär unheimlich. Man mußte doch irgendwie hinter die gestrige Nacht gekommen sein, vermutete er. Unbegreiflich. Es war ihm zwar, als ob er am Schluß den Berner Marsch gesungen hätte, als Gulliver gegangen war, aber dies mußte eine Täuschung sein, er war ja überhaupt nicht patriotisch. Verflixt, dachte er, wenn man sich nur erinnern könnte! Der Alte sah sich mißtrauisch im Zimmer um, während er die Haferschleimsuppe löffelte. (Immer Haferschleimsuppe!) Auf dem Waschtisch standen einige Flaschen und Medikamente, die vorher nicht dagewesen waren. Was sollte denn dies wieder bedeuten? Dem Ganzen war nicht zu trauen. Überdies erschienen alle zehn Minuten immer andere Schwestern, um irgend etwas zu holen, zu suchen oder zu bringen; eine kicherte draußen im Korridor, er hörte es deutlich. Nach Hungertobel wagte er nicht zu fragen, es war ihm auch ganz recht, daß dieser erst gegen Abend kam, weil er doch über Mittag seine Praxis in der Stadt hatte. Bärlach schluckte trübsinnig den Grießbrei mit Apfelmus hinunter (auch dies war keine Abwechslung), war dann aber überrascht, als es darauf zum Dessert einen starken Kaffee mit Zucker gab – auf besondere Anweisung Doktor Hungertobels, wie sich die Schwester vorwurfsvoll ausdrückte. Sonst war dies nie der Fall gewesen. Der Kaffee schmeckte ihm und heiterte ihn auf. Dann vertiefte er sich in die Akten, das war das Gescheiteste, was zu tun war, doch schon nach eins kam zu seiner Überraschung Hungertobel herein, mit einem bedenklichen Gesicht, wie der Alte, scheinbar immer noch in seine Papiere vertieft, mit einer unmerklichen Bewegung seiner Augen wahrnahm.

«Hans», sagte Hungertobel und trat entschlossen ans Bett, «was ist denn um Himmels willen geschehen? Ich würde schwören, und mit mir alle Schwestern, daß du einen Bombenrausch gehabt hast!»

«So», sagte der Alte und sah von seinen Akten auf. Und dann sagte er: «Ei!»

Jawohl, antwortete Hungertobel, es mache alles diesen Eindruck. Er habe den ganzen Morgen umsonst versucht, ihn wach zu bekommen.

Das tue ihm aber leid, bedauerte der Kommissär.

«Es ist praktisch einfach unmöglich, daß du Alkohol getrunken hast, du müßtest denn auch die Flasche verschluckt haben!» rief der Arzt verzweifelt aus.

Das glaube er auch, schmunzelte der Alte.

Er stehe vor einem Rätsel, sagte Hungertobel und putzte sich die Brille. Das tat er, wenn er aufgeregt war.

Lieber Samuel, sagte der Kommissär, es sei wohl nicht immer leicht, einen Kriminalisten zu beherbergen, das gebe er zu, den Verdacht, ein heimlicher Süffel zu sein, müsse er durchaus auf sich nehmen, und er bitte ihn nur, die Klinik Sonnenstein in Zürich anzurufen und Bärlach unter dem Namen Blaise Kramer als frischoperierten, bettlägerigen, aber reichen Patienten anzumelden.

«Du willst zu Emmenberger?» fragte Hungertobel bestürzt und setzte sich. «Natürlich», antwortete Bärlach.

«Hans», sagte Hungertobel, «ich verstehe dich nicht. Nehle ist tot.»

«Ein Nehle ist tot», verbesserte der Alte. «Wir müssen jetzt feststellen, welcher.»

«Um Gottes willen», fragte der Arzt atemlos: «Gibt es denn zwei Nehle?»

Bärlach nahm die Akten zur Hand. «Betrachten wir zusammen den Fall», fuhr er ruhig fort, «und untersuchen wir, was uns dabei auffällt. Du wirst sehen, unsere Kunst setzt sich aus etwas Mathematik zusammen und aus sehr viel Phantasie.»

Er verstehe nichts, stöhnte Hungertobel, den ganzen Morgen verstehe er nichts mehr.

Er lese die Angaben, fuhr der Kommissär fort: Große, hagere Gestalt, die Haare grau, früher braunrot, die Augen grünlichgrau, Ohren abstehend, das Gesicht schmal und bleich, mit Säcken unter den Augen, die Zähne gesund. Besonderes Kennzeichen: Narbe an der rechten Augenbraue.

Das sei er genau, sagte Hungertobel.

«Wer?» fragte Bärlach.

«Emmenberger», antwortete der Arzt. Er habe ihn aus der Beschreibung erkannt.

Es sei aber die Beschreibung des in Hamburg tot aufgefundenen Nehle, entgegnete Bärlach, wie sie in den Akten der Kriminalpolizei stehe.

Um so natürlicher, daß er die beiden verwechselt habe, stellte Hungertobel befriedigt fest. «Jeder von uns kann einem Mörder gleichen. Meine Verwechslung hat die einfachste Erklärung der Welt gefunden. Das mußt du doch einsehen.»

«Das ist ein Schluß», sagte der Kommissär. «Es sind jedoch noch andere Schlüsse möglich, die auf den ersten Blick nicht zwingend erscheinen, aber doch als ‹auch möglich› näher untersucht werden müssen. Ein anderer Schluß wäre: nicht Emmenberger war in Chile, sondern Nehle unter dessen Namen, während Emmenberger unter des anderen Namen in Stutthof war.»

Das sei ein unwahrscheinlicher Schluß, wunderte sich Hungertobel. «Gewiß», antwortete Bärlach, aber ein zulässiger. Sie müßten alle Möglichkeiten in Betracht ziehen.

«Wo kämen wir denn da um Gottes willen hin!» protestierte der Arzt. «Da hätte Emmenberger sich in Hamburg getötet, und der Arzt, der jetzt die Klinik Sonnenstein leitet, wäre Nehle.»

«Hast du Emmenberger seit seiner Rückkehr aus Chile gesehen?» warf der Alte ein.

«Nur flüchtig», antwortete Hungertobel stutzend und griff sich verwirrt an den Kopf. Die Brille hatte er endlich wieder aufgesetzt.

«Siehst du, diese Möglichkeit ist vorhanden!» fuhr der Kommissär fort. «Möglich wäre auch folgende Lösung: der Tote in Hamburg ist der aus Chile zurückgekehrte Nehle, und Emmenberger kehrte aus Stutthof, wo er den Namen Nehle führte, in die Schweiz zurück.»

«Da müßten sie schon ein Verbrechen annehmen», sagte Hungertobel kopfschüttelnd, «um diese sonderbare These verfechten zu können.»

«Richtig, Samuel!» nickte der Kommissär. «Wir müßten annehmen, daß Nehle von Emmenberger getötet worden sei.»

«Wir können mit dem gleichen Recht auch das Umgekehrte annehmen: Nehle tötete Emmenberger. Deiner Phantasie sind offenbar nicht die geringsten Grenzen gesetzt.»

«Auch diese These ist richtig», sagte Bärlach. «Auch sie können wir annehmen, wenigstens im jetzigen Grad der Spekulation.»

Das sei alles Unsinn, sagte der alte Arzt verärgert.

«Möglich», antwortete Bärlach undurchdringlich.

Hungertobel wehrte sich energisch. Mit der primitiven Art und Weise, wie der Kommissär mit der Wirklichkeit vorgehe, könne kinderleicht bewiesen werden, was man nur wolle. Mit dieser Methode würde überhaupt alles in Frage gestellt, sagte er.

«Ein Kriminalist hat die Pflicht, die Wirklichkeit in Frage zu stellen», antwortete der Alte. «Das ist nun einmal so. Wir müssen in diesem Punkt durchaus wie die Philosophen vorgehen, von denen es heißt, daß sie erst einmal alles bezweifeln, bevor sie sich hinter ihr Metier machen und die schönsten Spekulationen über die Kunst zu sterben und vom Leben nach dem Tode ausdenken, nur daß wir vielleicht noch weniger taugen als sie. Wir haben zusammen verschiedene Thesen aufgestellt. Alle sind möglich. Dies ist der erste Schritt. Der nächste wird sein, daß wir von den möglichen Thesen die wahrscheinlichen unterscheiden. Das Mögliche und das Wahrscheinliche sind nicht dasselbe; das Mögliche braucht noch lange nicht das Wahrscheinliche zu sein. Wir müssen deshalb den Wahrscheinlichkeitsgrad unserer Thesen untersuchen. Wir haben zwei Personen, zwei Ärzte: auf der einen Seite Nehle, einen Verbrecher, und auf der andern deinen Jugendbekannten Emmenberger, den Leiter der Klinik Sonnenstein in Zürich. Wir haben im wesentlichen zwei Thesen aufgestellt, beide sind möglich. Ihr Wahrscheinlichkeitsgrad ist auf den ersten Blick verschieden. Die eine These behauptet, daß zwischen Emmenberger und Nehle keine Beziehung bestehe, und ist wahrscheinlich, die zweite setzt eine Beziehung und ist unwahrscheinlicher.»

Eben, unterbrach Hungertobel den Alten, das habe er immer gesagt.

«Lieber Samuel», antwortete Bärlach, «ich bin leider nun einmal ein Kriminalist und verpflichtet, in den menschlichen Beziehungen die Verbrechen herauszufinden. Die erste These, die zwischen Nehle und Emmenberger keine Beziehung setzt, interessiert mich nicht. Nehle ist tot, und gegen Emmenberger liegt nichts vor. Dagegen zwingt mich mein Beruf, die zweite, unwahrscheinlichere These näher zu untersuchen. Was ist an dieser These wahrscheinlich? Sie besagt, daß Nehle und Emmenberger ihre Rollen vertauscht haben, daß Emmenberger als Nehle in Stutthof war und ohne Narkose an Häftlingen Operationen vornahm; ferner, daß Nehle in der Rolle des Emmenberger in Chile weilte und von dort Berichte und Abhandlungen an ärztliche Zeitschriften schickte; über das Weitere, den Tod Nehles in Hamburg und den jetzigen Aufenthalt Emmenbergers in Zürich ganz zu schweigen. Diese These ist phantastisch, das wollen wir erst einmal ruhig zugeben. Möglich ist sie insofern, als beide, Emmenberger und Nehle, nicht nur Ärzte sind, sondern sich zudem gleichen. Hier ist der erste Punkt erreicht, bei dem wir zu verweilen haben. Es ist die erste Tatsache, die in unserer Spekulation, in diesem Gewirr von Möglichem und Wahrscheinlichem, auftaucht. Untersuchen wir diese Tatsache. Wie gleichen sich die beiden? Ähnlichkeiten treffen wir oft an, große Ähnlichkeiten seltener, am seltensten sind wohl Ähnlichkeiten, die auch in den zufälligen Dingen übereinstimmen, in Merkmalen, die nicht von der Natur, sondern von einem bestimmten Vorfall herrühren. Das ist hier so. Beide haben nicht nur die gleichen Haar- und Augenfarben, ähnliche Gesichtszüge, gleichen Körperbau und so weiter, sondern auch an der rechten Augenbraue die gleiche, eigentümliche Narbe.»

Nun, das sei Zufall, sagte der Arzt.

«Oder auch Kunst», ergänzte der Alte. Hungertobel habe einst Emmenberger an der Augenbraue operiert. Was er denn gehabt habe?

Die Narbe stamme von einer Operation her, die man bei einer weit fortgeschrittenen Stirnhöhleneiterung anwenden müsse, antwortete Hungertobel.

«Den Schnitt führt man in der Augenbraue durch, damit die Narbe weniger sichtbar wird. Das ist mir damals bei Emmenberger wohl nicht recht gelungen. Ein gewisses Künstlerpech muß da durchaus eine Rolle gespielt haben, ich operiere doch sonst geschickt. Die Narbe wurde deutlicher, als es für einen Chirurgen schicklich war, und außerdem fehlte nachher ein Teil der Braue», sagte er.

Ob diese Operation häufig vorkomme, wollte der Kommissär wissen.

Nun, antwortete Hungertobel, häufig nicht gerade. Man lasse eine Sache in der Stirnhöhle gar nicht so weit kommen, daß man gleich operieren müsse.

«Siehst du», sagte Bärlach, «das ist nun das Merkwürdige: diese nicht allzuhäufige Operation wurde auch bei Nehle durchgeführt, und auch bei ihm weist die Braue eine Lücke vor, an der gleichen Stelle, wie es hier in den Akten steht: die Leiche in Hamburg wurde genau untersucht. Hatte Emmenberger am linken Unterarm eine handbreite Brandnarbe?»

Warum er darauf komme, fragte Hungertobel verwundert. Emmenberger habe einmal bei einem chemischen Versuch einen Unfall gehabt.

Auch an der Leiche in Hamburg habe man diese Narbe gefunden, sagte Bärlach befriedigt. Ob Emmenberger diese Merkmale noch heute besitzt? Es wäre wichtig, das zu wissen – Hungertobel habe ihn flüchtig gesehen.

Letzten Sommer in Ascona, antwortete der Arzt. Da habe er noch beide Narben gehabt, das sei ihm gleich aufgefallen. Emmenberger sei noch ganz der alte gewesen, habe einige boshafte Bemerkungen gemacht und ihn im übrigen kaum mehr erkannt.

«So», sagte der Kommissär, «er schien dich kaum mehr zu kennen. Du siehst, die Ähnlichkeit geht so weit, daß man nicht recht weiß, wer wer ist. Wir müssen entweder an einen seltenen und sonderbaren Zufall glauben, oder an einen Kunstgriff. Wahrscheinlich ist die Ähnlichkeit zwischen beiden im Grunde nicht so groß, wie wir jetzt glauben. Was in den amtlichen Papieren und in einem Paß ähnlich scheint, genügt nicht, um die beiden ohne weiteres zu verwechseln; wenn sich die Ähnlichkeit jedoch auch auf so zufällige Dinge erstreckt, ist die Chance größer, daß einer den andern vertreten kann. Der Kunstgriff einer Scheinoperation und eines künstlich herbeigeführten Unfalls hätte dann den Sinn gehabt, die Ähnlichkeit in eine Identität zu verwandeln. Doch können wir in diesem Stand der Untersuchungen nur Vermutungen aussprechen; aber du mußt zugeben, daß diese Art von Ähnlichkeit unsere zweite These wahrscheinlicher macht.»

Ob es denn kein Bild Nehles außer der Fotografie in dem ‹Life› gebe, fragte Hungertobel.

«Drei Aufnahmen der hamburgischen Kriminalpolizei», antwortete der Kommissär, entnahm die Bilder den Akten und gab sie seinem Freund hinüber. «Sie zeigen einen Toten.»

«Da ist nicht mehr viel zu erkennen», meinte Hungertobel nach einiger Zeit enttäuscht. Seine Stimme zitterte. «Eine starke Ähnlichkeit mag vorhanden sein, ja, ich kann mir denken, daß auch Emmenberger im Tode so aussehen müßte. Wie hat sich Nehle denn das Leben genommen?»

Der Alte sah nachdenklich, fast lauernd zum Arzt hinüber, der recht hilflos in seinem weißen Kittel an seinem Bette saß und alles vergessen hatte, Bärlachs Rausch und die wartenden Patienten. «Mit Blausäure», antwortete der Kommissär endlich. «Wie die meisten Nazis.»

«In welcher Form?»

«Er zerbiß eine Kapsel und verschluckte sie.»

«Bei nüchternem Magen?»

«Das hat man festgestellt.»

Dies wirke auf der Stelle, sagte Hungertobel, und auf diesen Bildern scheine es, daß Nehle vor seinem Tode etwas Entsetzliches gesehen habe. Die beiden schwiegen.

Endlich meinte der Kommissär: «Gehen wir weiter, wenn auch Nehles Tod seine Rätsel haben wird; wir haben noch die andern verdächtigen Punkte zu untersuchen.»

«Ich verstehe nicht, wie du von weiteren verdächtigen Punkten sprechen kannst», sagte Hungertobel verwundert und bedrückt zugleich. «Das ist doch übertrieben.»

«O nein», sagte Bärlach. «Da ist einmal dein Studienerlebnis. Ich will es nur kurz berühren. Es hilft mir in der Weise, als es mir einen psychologischen Anhaltspunkt dafür gibt, warum Emmenberger unter Umständen zu den Taten fähig wäre, die wir bei ihm annehmen müssen, wenn er in Stutthof war. Doch ich komme zu einer anderen, wichtigeren Tatsache: ich bin hier im Besitz des Lebenslaufs dessen, den wir unter dem Namen Nehle kennen. Seine Herkunft ist düster. Er wurde 1890 geboren, ist also drei Jahre jünger als Emmenberger. Er ist Berliner. Sein Vater ist unbekannt, seine Mutter ein Dienstmädchen, das den unehelichen Knaben bei den Großeltern ließ, ein unstetes Leben führte, später ins Korrektionshaus kam und dann verschwand. Der Großvater arbeitete bei den Borsigwerken; ebenfalls unehelich, ist er in seiner Jugend aus Bayern nach Berlin gekommen. Die Großmutter ist eine Polin. Nehle besuchte die Volksschule und rückte dann vierzehn ein, war bis fünfzehn Infanterist, wurde dann in die Sanität versetzt, dies auf Antrag eines Sanitätsoffiziers. Hier schien auch ein unwiderstehlicher Trieb zur Medizin erwacht zu sein; er wurde mit dem Eisernen Kreuz ausgezeichnet, weil er mit Erfolg Notoperationen durchführte. Nach dem Krieg arbeitete er als Medizingehilfe in verschiedenen Irrenhäusern und Spitälern, bereitete sich in der Freizeit auf die Maturität vor, um Arzt studieren zu können, fiel jedoch zweimal in der Prüfung durch: er versagte in den alten Sprachen und in der Mathematik. Der Mann scheint nur für die Medizin begabt gewesen zu sein. Dann wurde er Naturarzt und Wunderdoktor, zu dem alle Schichten der Bevölkerung liefen, kam mit dem Gesetz in Konflikt, wurde mit einer nicht allzu großen Buße bestraft, weil, wie das Gericht feststellte, ‹seine medizinischen Kenntnisse erstaunlich seien›. Eingaben wurden gemacht, die Zeitungen schrieben für ihn. Vergeblich. Dann ward es still um den Fall. Da er immer wieder rückfällig wurde, drückte man schließlich ein Auge zu, Nehle dokterte in den dreißiger Jahren in Schlesien, Westfalen, im Bayrischen und im Hessischen herum. Dann nach zwanzig Jahren die große Wendung: achtunddreißig besteht er die Maturität. (Siebenunddreißig wanderte Emmenberger von Deutschland nach Chile aus!) Die Leistungen Nehles in den alten Sprachen und in der Mathematik waren glänzend. Auf der Universität wird ihm durch ein Dekret das Studium erlassen, und er bekommt das Staatsdiplom nach einem wie die Maturität glänzenden Staatsexamen, verschwindet jedoch zum allgemeinen Erstaunen als Arzt in den Konzentrationslagern.»

«Mein Gott», sagte Hungertobel, «was willst du daraus wieder schließen?»

«Das ist einfach», antwortete Bärlach nicht ohne Spott: «Nehmen wir jetzt die Artikel zur Hand, die wir in der Schweizerischen medizinischen Wochenschrift von Emmenberger zur Verfügung haben und die aus Chile stammen. Auch sie sind eine Tatsache, die wir nicht leugnen können und die wir zu untersuchen haben. Diese Artikel seien wissenschaftlich bemerkenswert. Ich will das glauben. Aber was ich nicht glauben kann, ist, daß sie von einem Menschen stammen, der sich durch einen literarischen Stil auszeichnen soll, wie du das von Emmenberger behauptest. Schwerfälliger kann man sich wohl kaum mehr ausdrücken.»

«Eine wissenschaftliche Abhandlung ist noch lange kein Gedicht», protestierte der Arzt. «Auch Kant hat schließlich kompliziert geschrieben.»

«Laß mir den Kant in Ruh!» brummte der Alte. «Der hat schwierig, aber nicht schlecht geschrieben. Der Verfasser dieser Beiträge aus Chile aber schreibt nicht nur schwerfällig, sondern auch grammatikalisch falsch. Der Mann scheint sich über den Dativ und den Akkusativ nicht im klaren gewesen zu sein, wie man das von den Berlinern behauptet, die auch nie wissen, ob man jetzt dir oder dich sagt. Merkwürdig ist auch, daß er Griechisch oft als Lateinisch bezeichnet, als hätte er von diesen Sprachen keine Ahnung, so zum Beispiel in der Nummer fünfzehn vom Jahre zweiundvierzig das Wort Gastrolyse.»

Im Zimmer herrschte eine tödliche Stille.

Minutenlang.

Dann zündete sich Hungertobel eine «Little-Rose of Sumatra» an.

Bärlach glaube also, daß Nehle diese Abhandlung geschrieben habe? fragte er endlich.

Er halte es für wahrscheinlich, antwortete der Kommissär gelassen.

«Ich kann dir nichts mehr entgegnen», sagte der Arzt düster.

«Wir dürfen jetzt nicht übertreiben», meinte der Alte und schloß die Mappe auf seiner Bettdecke. «Ich habe dir nur die Wahrscheinlichkeit meiner Thesen bewiesen. Aber das Wahrscheinliche ist noch nicht das Wirkliche. Wenn ich sage, daß es morgen wahrscheinlich regnet, braucht es morgen doch nicht zu regnen. In dieser Welt ist der Gedanke mit der Wahrheit nicht identisch. Wir hätten es sonst in vielem leichter, Samuel. Zwischen dem Gedanken und der Wirklichkeit steht immer noch das Abenteuer dieses Daseins, und das wollen wir nun denn in Gottes Namen bestehen.»

«Das hat doch keinen Sinn», stöhnte Hungertobel und sah

hilflos nach seinem Freund, der, wie immer unbeweglich, die Hände hinter dem Kopf, in seinem Bette lag.

«Du begibst dich in eine fürchterliche Gefahr, wenn deine Spekulation stimmt, denn Emmenberger ist dann ein Teufel!» meinte er.

«Ich weiß», nickte der Kommissär.

«Es hat keinen Sinn», sagte der Arzt noch einmal, leise, fast flüsternd.

«Die Gerechtigkeit hat immer Sinn», beharrte Bärlach auf seinem Unternehmen. «Melde mich bei Emmenberger. Morgen will ich fahren.»

«Am Silvester?» Hungertobel sprang auf.

«Ja», antwortete der Alte, «am Silvester.» Und dann funkelten seine Augen spöttisch: «Hast du mir Emmenbergers Traktat über Astrologie mitgebracht?»

«Gewiß», stotterte der Arzt.

Bärlach lachte: «Dann gib es her, ich bin doch neugierig, ob nicht etwas über meinen Stern darin steht. Vielleicht habe ich eben doch eine Chance.»

Noch ein Besuch

Der fürchterliche Alte, der nun den Nachmittag damit verbrachte, einen ganzen Bogen mühsam vollzuschreiben, des weiteren mit der Kantonalbank und einem Notar telefonierte, dieser götzenhaft undurchsichtige Kranke, zu dem die Schwestern immer zögernder gingen und der mit unerschütterlicher Ruhe seine Fäden spann, einer Riesenspinne vergleichbar, unbeirrbar einen Schluß an den andern fügend, erhielt gegen Abend, kurz nachdem ihm Hungertobel mitgeteilt hatte, er könne am Silvester im Sonnenstein eintreten, noch einen Besuch, von dem man nicht wußte, kam er freiwillig, oder war er vom Kommissär gerufen. Der Besucher war ein kleiner, dürrer Kerl mit einem langen Hals. Sein Leib steckte in einem offenen

Regenmantel, dessen Taschen mit Zeitungen vollgestopft waren. Unter dem Mantel trug er eine zerrissene graue Kleidung mit braunen Streifen und ebenfalls überall Zeitungen; um den schmutzigen Hals wand sich ein zitronengelbes, fleckiges Seidentuch, auf dem Kopf klebte an der Glatze eine Baskenmütze. Die Augen funkelten unter buschigen Brauen, die starke Hakennase schien zu groß für das Männchen, und der Mund darunter war erbärmlich eingefallen, denn die Zähne fehlten. Er sprach laut vor sich hin, Verse, wie es schien, dazwischen tauchten wie Inseln einzelne Worte auf, so etwa: Trolleybus, Verkehrspolizei; Dinge, über die er sich aus irgendeinem Grund maßlos zu ärgern schien. Zu der armseligen Kleidung wollte der zwar elegante, aber ganz aus der Mode gekommene schwarze Spazierstock mit einem silbernen Griff nicht passen, der aus einem andern Jahrhundert stammen mußte und mit dem er unmotiviert herumfuchtelte. Schon beim Haupteingang rannte er gegen eine Krankenschwester, verbeugte sich, stammelte eine überschwengliche Entschuldigung, verirrte sich darauf hoffnungslos in die Geburtenabteilung, platzte fast in den Gebärsaal, wo alles in voller Tätigkeit war, wurde von einem Arzt verscheucht, stolperte über eine Vase mit Nelken, wie sie dort in Massen vor den Türen stehen; endlich führte man ihn in den Neubau (man hatte ihn wie ein verängstigtes Tier eingefangen), doch geriet ihm, noch bevor er in des Alten Zimmer trat, der Stock zwischen die Beine und schlitterte durch den halben Korridor, um hart gegen eine Türe zu prallen, hinter der ein Schwerkranker lag.

«Diese Verkehrspolizei!» rief der Besucher aus, als er endlich vor Bärlachs Bett stand. (Gott sei Lob und Dank, dachte die Lehrschwester, die ihn begleitet hatte.) «Überall stehen sie herum. Eine ganze Stadt voll Verkehrspolizisten!»

«He», antwortete der Kommissär, der vorsichtigerweise auf den aufgeregten Besucher einging, «so eine Verkehrspolizei ist eben nun einmal nötig, Fortschig. In den Verkehr muß Ordnung kommen, sonst gibt es noch mehr Tote, als wir schon haben.»

«Ordnung in den Verkehr!» rief Fortschig mit seiner quietschenden Stimme. «Schön. Das ließe sich hören. Aber dazu braucht man keine besondere Verkehrspolizei, dazu braucht man vor allem mehr Vertrauen in die Anständigkeit des Menschen. Das ganze Bern ist ein einziges Verkehrspolizistenlager geworden, kein Wunder, daß da jeder Straßenbenützer wild wird. Aber das ist Bern immer gewesen, ein trostloses Polizistennest, eine heillose Diktatur hat in dieser Stadt seit jeher genistet. Schon Lessing wollte eine Tragödie über Bern schreiben, als ihm der jämmerliche Tod des armen Henzi gemeldet wurde. Jammerschade, daß er sie nicht schrieb! Fünfzig Jahre lebe ich jetzt in diesem Nest von einer Hauptstadt, und was es für einen Wortsteller heißt (ich stelle Worte auf, nicht Schriften!), in dieser eingeschlafenen, dicken Stadt zu vegetieren und zu hungern (man kriegt nichts als das wöchentliche Literaturblatt des ‹Bund› vorgesetzt), will ich nicht beschreiben. Schaudervoll, höchst schaudervoll! Fünfzig Jahre schloß ich die Augen, wenn ich durch Bern ging, schon im Kinderwagen habe ich das getan; denn ich wollte diese Unglücksstadt nicht sehen, in der mein Vater als irgendein Adjunkt zugrunde ging, und jetzt, da ich die Augen öffne, was sehe ich? Verkehrspolizisten, überall Verkehrspolizisten.»

«Fortschig», sagte der Alte energisch, «wir haben jetzt nicht von der Verkehrspolizei zu reden», und er sah streng nach der verkommenen und verschimmelten Gestalt hinüber, die sich auf den Stuhl gesetzt hatte und jämmerlich hin und her schwankte mit großen Eulenaugen, vom Elend geschüttelt.

«Ich weiß gar nicht, was mit Ihnen los ist», fuhr der Alte fort. «Zum Teufel, Fortschig, Sie haben doch was auf der Palette, Sie waren doch ein ganzer Kerl, und der ‹Apfelschuß›, den Sie herausgeben, war eine gute Zeitung, wenn auch eine kleine; aber jetzt füllen Sie sie mit lauter so gleichgültigem Zeug wie Verkehrspolizei, Trolleybus, Hunden, Briefmarkensammlern, Kugelschreibern, Radio-Programmen, Theaterklatsch, Trambilletten, Kinoreklame, Bundesräten und Jassen.

Die Energie und das Pathos, mit dem Sie gegen solche Dinge anrennen – es geht bei Ihnen immer gleich zu wie in Schillers Wilhelm Tell –, ist, weiß Gott, einer andern Sache würdig.»

«Kommissär», krächzte der Besuch, «Kommissär! Versündigen Sie sich nicht an einem Dichter, an einem schreibenden Menschen, der das unendliche Pech hat, in der Schweiz leben zu müssen und, was noch zehnmal schlimmer ist, von der Schweiz leben zu müssen.»

«Nun, nun», versuchte Bärlach zu begütigen; aber Fortschig wurde immer wilder.

«Nun, nun», schrie er und sprang vom Stuhl auf, lief zum Fenster und dann wieder zur Türe und so immer fort wie ein Pendel. «Nun, nun, das ist leicht gesagt. Was ist mit dem ‹Nun, nun› entschuldigt? Nichts! Bei Gott, nichts! Zugegeben, ich bin eine lächerliche Figur geworden, beinahe eine solche wie unsere Habakuke, Theobalde, Eustache und Mustache, oder wie sie alle zu heißen vorgeben, die unsere Spalten in den lieben, langweiligen Tageszeitungen mit ihren Abenteuern füllen, die sie mit Kragenknöpfen, Ehefrauen und Rasierklingen zu bestehen haben – unter dem Strich, versteht sich; aber wer ist nicht alles unter den Strich gesunken in diesem Lande, wo man immer noch vom Raunen der Seele dichtet, wenn ringsum die ganze Welt zusammenkracht! Kommissär, Kommissär, was habe ich nicht versucht, um mir ein menschenwürdiges Dasein zu schaffen mit meiner Schreibmaschine, aber nicht einmal zum Einkommen eines mittleren Dorfarmen brachte ich es, ein Unternehmen nach dem andern mußte aufgegeben werden, eine Hoffnung nach der andern, die besten Dramen, die feurigsten Gedichte, die erhabensten Erzählungen! Kartenhäuser, nichts als Kartenhäuser! Die Schweiz schuf mich zu einem Narren, zu einem Spinnbruder, zu einem Don Quijote, der gegen Windmühlen und Schafherden kämpft. Da soll man für die Freiheit und Gerechtigkeit und für jene andern Artikel einstehen, die man auf dem vaterländischen

Markt feilbietet, und eine Gesellschaft hochhalten, die einen zwingt, die Existenz eines Schlufis und Bettlers zu führen, wenn man sich dem Geist verschreibt, anstatt den Geschäften. Man will das Leben genießen, aber kein Tausendstel von diesem Genuß abgeben, kein Weggli und kein Räppli, und wie man einmal in einem tausendjährigen Reich den Revolver entsicherte, sobald man das Wort Kultur hörte, so sichert man hierzulande das Portemonnaie.»

«Fortschig», sagte Bärlach streng, «es ist nur gut, daß Sie mit dem Don Quijote kommen, das ist nämlich ein Lieblingsthema von mir. Don Quijotes sollen wir wohl alle sein, wenn wir nur ein wenig das Herz auf dem rechten Fleck haben und ein Körnchen Verstand unter der Schädeldecke. Aber wir haben nicht gegen Windmühlen zu kämpfen wie der alte schäbige Ritter mit der blechernen Rüstung, mein Freund, es geht heute gegen gefährliche Riesen ins Feld, bald gegen Ungeheuer an Brutalität und Verschlagenheit, bald gegen wahre Riesensaurier, die seit jeher das Hirn eines Spatzen haben: alles Biester, die nicht in den Märchenbüchern stehen oder in unserer Phantasie, sondern in der Wirklichkeit. Das ist nun einmal unsere Aufgabe, daß wir die Unmenschlichkeit in jeder Form und unter allen Umständen bekämpfen. Aber es ist nun eben wichtig, wie wir kämpfen und daß wir auch ein wenig klug dabei vorgehen. Der Kampf gegen das Böse darf nicht ein Spiel mit dem Feuer sein. Doch gerade Sie, Fortschig, spielen mit dem Feuer, weil Sie einen guten Kampf unklug führen, gleich einem Feuerwehrmann, der Öl spritzt statt Wasser. Wenn man die Zeitschrift liest, die Sie herausgeben, dieses armselige Blättchen, meint man gleich, die ganze Schweiz müsse abgeschafft werden. Daß in diesem Lande vieles – und wie vieles! – nicht in Ordnung ist, davon kann ich Ihnen doch ein Lied singen, und ein wenig grau geworden bin ich schließlich auch darüber; aber deswegen gleich alles ins Feuer werfen, als wohne man in Sodom und Gomorra, ist ganz verkehrt und auch nicht recht manierlich. Sie tun beinahe, als ob Sie sich schämten, dieses Land überhaupt noch zu lieben. Das gefällt mir nicht, Fortschig. Man soll sich seiner Liebe nicht schämen, und die Vaterlandsliebe ist immer noch eine gute Liebe, nur muß sie streng und kritisch sein, sonst wird sie eine Affenliebe. So soll man denn wohl hinters Fegen und Scheuern, wenn man am Vaterland Flecken und schmutzige Stellen entdeckt, wie ja sogar auch der Herkules den Stall des Augias ausmistete – diese Arbeit ist mir von seinen zehn die sympathischste –, aber gleich das ganze Haus abreißen ist sinnlos und nicht gescheit; denn es ist schwer, in dieser armen lädierten Welt ein neues Haus zu bauen; da braucht es mehr als eine Generation dazu, und wenn es endlich gebaut ist, wird es auch nicht besser sein als das alte. Wichtig ist, daß die Wahrheit gesagt werden kann und daß man den Kampf für sie führen darf und nicht gleich nach Witzwil kommt. Das ist in der Schweiz möglich, wir sollen das ruhig zugeben und auch dankbar dafür sein, wir haben uns vor keinem Regierungs- oder Bundesrat zu fürchten, oder wie die Räte alle heißen. Freilich, es muß mancher dabei in Lumpen gehen und lebt etwas ungemütlich ins Blaue hinein. Daß dies eine Schweinerei ist, gebe ich zu. Aber ein echter Don Quijote ist stolz auf seine armselige Rüstung. Der Kampf gegen die Dummheit und den Egoismus der Menschen war seit jeher schwer und kostspielig, mit der Armut verbunden und mit der Demütigung; aber er ist ein heiliger Kampf, der nicht mit Jammern, sondern mit Würde ausgefochten werden muß. Sie jedoch wettern und fluchen unseren guten Bernern die Ohren sturm, was für ein ungerechtes Schicksal Sie unter ihnen erleiden, und wünschen sich den nächsten Kometenschwanz herbei, um unsere alte Stadt in Trümmer zu schlagen. Fortschig, Fortschig, Sie durchsetzen Ihren Kampf mit kleinlichen Motiven. Es muß einer vom Verdacht frei sein, es gehe ihm nur um den Brotkorb, wenn er von der Gerechtigkeit reden will. Kommen Sie wieder los von Ihrem Unglück und Ihren zerschlissenen Hosen, die Sie nun eben tragen müssen, von diesem Kleinkrieg mit nichtigen Dingen; es geht in dieser Welt in Gottes Namen um mehr als um die Verkehrspolizei.»

Fortschigs dürre Jammergestalt kroch wieder auf den Sessel zurück, zog den langen gelben Hals ein und die Beinchen hoch. Die Baskenmütze fiel unter den Sessel, und das zitronengelbe Halstuch hing dem Männchen wehmütig auf die eingesunkene Brust. «Kommissär», sagte er weinerlich, «Sie sind streng zu mir, wie ein Moses oder Jesaias mit dem Volk Israel, und ich weiß, wie recht Sie haben; doch seit vier Tagen aß ich nichts Warmes, und nicht einmal zum Rauchen habe ich Geld.»

Ob er denn nicht mehr bei Leibundguts esse, fragte der Alte stirnrunzelnd und plötzlich etwas verlegen.

«Ich habe mit Frau Direktor Leibundgut einen Streit über Goethes Faust gehabt. Sie ist für den zweiten Teil und ich dagegen. Da hat sie mich nicht mehr eingeladen. Der zweite Teil von Faust sei das Allerheiligste für seine Frau, hat mir der Direktor geschrieben, und er könne leider nichts mehr für mich tun», antwortete der Schriftsteller winselnd.

Der arme Teufel tat Bärlach leid. Er dachte, daß er doch zu streng mit ihm gewesen sei, und brummte endlich aus lauter Verlegenheit, was denn die Frau eines Schokoladedirektors mit Goethe zu tun habe. «Wen laden die Leibundguts denn jetzt ein?» wollte er schließlich wissen. «Wieder den Tennislehrer?»

«Bötzinger», antwortete Fortschig kleinlaut.

«So hat wenigstens der für ein paar Monate jeden dritten Tag was Gutes», meinte der Alte etwas ausgesöhnt. «Guter Musiker. Seine Kompositionen kann man sich allerdings nicht anhören, obgleich ich doch noch von Konstantinopel her an schreckliche Geräusche gewöhnt bin. Aber das ist ein anderes Blatt. Nur, denke ich, wird der Bötzinger mit der Frau Direktor bald über Beethovens Neunte nicht einer Meinung sein. Und dann nimmt sie doch wieder den Tennislehrer. Die sind geistig am besten zu dominieren. Sie, Fortschig, will ich Grollbachs empfehlen von der Kleiderhandlung Grollbach-Kühne;

die kochen gut, wenn auch ein wenig fettig. Ich glaube, das könnte besser halten als bei Leibundguts. Grollbach ist unliterarisch und interessiert sich weder für den Faust noch für den Goethe.»

«Und die Frau?» erkundigte sich Fortschig ängstlich.

«Stockschwerhörig», beruhigte ihn der Kommissär. «Ein Glücksfall für Sie, Fortschig. Und nehmen Sie die kleine braune Zigarre zu sich, die auf dem Tischchen liegt. Eine ‹Little-Rose›; Dr. Hungertobel hat sie extra dagelassen, Sie können ruhig in diesem Zimmer rauchen.»

Fortschig steckte sich die ‹Little-Rose› umständlich in Brand.

«Wollen Sie für zehn Tage nach Paris fahren?» fragte der Alte wie beiläufig.

«Nach Paris?» schrie das Männchen und sprang vom Stuhl. «Bei meiner Seligkeit, falls ich eine besitze, nach Paris? Ich, der ich die französische Literatur wie kein zweiter verehre? Mit dem nächsten Zug!»

Fortschig schnappte vor Überraschung und Freude nach Luft.

«Fünfhundert Franken und ein Billett liegen für Sie beim Notar Butz in der Bundesgasse bereit», sagte Bärlach ruhig. «Die Fahrt tut Ihnen gut. Paris ist eine schöne Stadt, die schönste Stadt, die ich kenne, von Konstantinopel abgesehen; und die Franzosen, ich weiß nicht, Fortschig, die Franzosen sind doch die besten und kultiviertesten Kerle. Da kommt nicht einmal so ein waschechter Türke dagegen auf.»

«Nach Paris, nach Paris», stammelte der arme Teufel.

«Aber vorher brauche ich Sie in einer Affäre, die mir schwer auf dem Magen liegt», sagte Bärlach und faßte das Männchen scharf ins Auge. «Es ist eine heillose Sache.»

«Ein Verbrechen?» zitterte der andere.

Es gelte eins aufzudecken, antwortete der Kommissär.

Fortschig legte langsam die ‹Little-Rose› auf den Aschenbecher neben sich. «Ist es gefährlich, was ich unternehmen muß?» fragte er leise mit großen Augen.

«Nein», sagte der Alte. «Es ist nicht gefährlich. Und damit auch jede Möglichkeit der Gefahr beseitigt wird, schicke ich Sie nach Paris. Aber Sie müssen mir gehorchen. Wann erscheint die nächste Nummer des ‹Apfelschuß›?»

«Ich weiß nicht. Wenn ich Geld habe.»

«Wann können Sie eine Nummer verschicken?» fragte der Kommissär.

«Sofort», antwortete Fortschig.

Ob er den ‹Apfelschuß› allein herstelle, wollte Bärlach wissen.

«Allein. Mit der Schreibmaschine und einem alten Vervielfältigungsapparat», antwortete der Redaktor.

«In wieviel Exemplaren?»

«In fünfundvierzig. Es ist eben eine ganz kleine Zeitung», kam es leise vom Stuhl her. «Es haben nie mehr als fünfzehn abonniert.»

Der Kommissär überlegte einen Augenblick.

«Die nächste Nummer des ‹Apfelschuß› soll in einer Riesenauflage erscheinen. In dreihundert Exemplaren. Ich zahle Ihnen die ganze Auflage. Ich verlange nichts von Ihnen, als daß Sie für diese Nummer einen bestimmten Artikel verfassen; was sonst noch darin steht, ist Ihre Sache. In diesem Artikel (er überreichte ihm den Bogen) wird das stehen, was ich hier niedergeschrieben habe; aber in Ihrer Sprache, Fortschig, in Ihrer besten möchte ich es haben, wie in Ihrer guten Zeit. Mehr als meine Angaben brauchen Sie nicht zu wissen, auch nicht, wer der Arzt ist, gegen den sich das Pamphlet richtet. Meine Behauptungen sollen Sie nicht irritieren; daß sie stimmen, dürfen Sie mir glauben, ich bürge dafür. Im Artikel, den Sie an bestimmte Spitäler senden werden, steht nur eine Unwahrheit, die nämlich, daß Sie, Fortschig, die Beweise zu Ihrer Behauptung in Händen hätten und auch den Namen des Arztes wüßten. Das ist der gefährliche Punkt. Darum müssen Sie nach Paris, wenn Sie den ‹Apfelschuß› auf die Post gebracht haben. Noch in der gleichen Nacht.»

«Ich werde schreiben, und ich werde fahren», versicherte der Schriftsteller, den Bogen in der Hand, den ihm der Alte überreicht hatte.

Er war ein ganz anderer Mensch geworden und tanzte freudig von einem Bein auf das andere.

«Sie sprechen mit keinem Menschen von Ihrer Reise», befahl Bärlach.

«Mit keinem Menschen. Mit keinem einzigen Menschen!» beteuerte Fortschig.

Wieviel denn die Herausgabe der Nummer koste, fragte der Alte.

«Vierhundert Franken», forderte das Männchen mit glänzenden Augen, stolz darüber, endlich zu etwas Wohlstand zu kommen.

Der Kommissär nickte. «Sie können das Geld bei meinem guten Butz holen. Wenn Sie sich beeilen, gibt er es Ihnen schon heute, ich habe mit ihm telefoniert. – Sie werden fahren, wenn die Nummer heraus ist?» fragte er noch einmal, von einem unbesiegbaren Mißtrauen erfüllt.

«Sofort», schwur der kleine Kerl und streckte drei Finger in die Höhe. «In der gleichen Nacht. Nach Paris.»

Aber ruhig wurde der Alte nicht, als Fortschig gegangen war. Der Schriftsteller kam ihm unzuverlässiger vor denn je. Er überlegte sich, ob er Lutz bitten sollte, Fortschig überwachen zu lassen.

«Unsinn», sagte er sich dann. «Die haben mich entlassen. Den Fall Emmenberger erledige ich selbst. Fortschig wird den Artikel gegen Emmenberger schreiben, und da er reist, muß ich mir keine grauen Haare wachsen lassen. Nicht einmal Hungertobel braucht davon etwas zu wissen. Der sollte jetzt kommen. Ich hätte eine ‹Little-Rose› nötig.»

ZWEITER TEIL

Der Abgrund

SO ERREICHTE DENN AM FREITAG BEIM HEREINBRECHEN DER Nacht – es war der letzte Tag des Jahres – der Kommissär, die Beine hochgebettet, im Wagen die Stadt Zürich. Hungertobel fuhr selbst, und dies, weil er sich um den Freund Sorgen machte, noch vorsichtiger als gewöhnlich. Die Stadt leuchtete gewaltig in ihren Lichtkaskaden auf. Hungertobel geriet in dichte Wagenschwärme, die von allen Seiten in diese Lichtfülle hineinglitten, sich in die Nebengassen verteilten und ihre Eingeweide öffneten, aus denen es nun herausquoll, Männer, Weiber, alle gierig auf diese Nacht, auf dieses Ende des Jahres, alle bereit, ein neues anzufangen und weiterzuleben. Der Alte saß unbeweglich hinten im Wagen, verloren in der Dunkelheit des kleinen gewölbten Raumes. Er bat Hungertobel, nicht den direktesten Weg zu nehmen. Er schaute lauernd in das unermüdliche Treiben. Die Stadt Zürich war ihm sonst nicht recht sympathisch, vierhunderttausend Schweizer auf einem Fleck fand er etwas übertrieben; die Bahnhofstraße, durch die sie jetzt fuhren, haßte er, doch bei dieser geheimnisvollen Fahrt nach einem ungewissen und drohenden Ziel – (bei dieser Fahrt nach der Realität, wie er zu Hungertobel sagte) – faszinierte ihn die Stadt. Aus dem schwarzen, glanzlosen Himmel herab fing es an zu regnen, dann zu schneien, um endlich wieder zu regnen, silberne Fäden in den Lichtern. Menschen, Menschen! Immer neue Massen wälzten sich auf beiden Seiten der Straße dahin, hinter den Vorhängen von Schnee und Regen. Die Trams waren überfüllt, schemenhaft leuchteten hinter den Scheiben Gesichter auf, Hände, die Zeitungen umklammerten, alles phantastisch im silbernen Licht, vorüberziehend, versinkend. Zum erstenmal seit seiner Krankheit kam sich Bärlach als einer vor, dessen Zeit vorbei war, der die Schlacht mit dem Tode, diese unabänderliche Schlacht verloren hatte. Der Grund, der ihn unwiderstehlich nach Zürich trieb, dieser mit zäher Energie ausgebaute und doch wieder nur zufällig in den müden Wellen der Krankheit zusammengeträumte Verdacht, schien ihm nichtig und wertlos; was sollte man sich noch abmühen, wozu, weshalb? Er sehnte sich nach einem Zurücksinken, nach endlosem, traumlosem Schlaf. Hungertobel fluchte innerlich, er spürte die Resignation des Alten hinter sich und machte sich Vorwürfe, dem Abenteuer nicht Einhalt geboten zu haben. Die unbestimmte nächtliche Fläche des Sees flutete ihnen entgegen, der Wagen glitt langsam über die Brücke. Ein Verkehrspolizist tauchte auf, ein Automat, der mechanisch die Arme und Beine bewegte. Bärlach dachte flüchtig an Fortschig (an den unseligen Fortschig, der jetzt in Bern, in einer schmutzigen Dachkammer, mit fiebriger Hand das Pamphlet schrieb), dann verlor er auch diesen Halt. Er lehnte sich zurück und schloß die Augen. Die Müdigkeit wurde gespenstischer, gewaltiger in ihm.

«Man stirbt», dachte er; «einmal stirbt man, in einem Jahr, wie die Städte, die Völker und die Kontinente einmal sterben. Krepieren», dachte er, «dies ist das Wort: krepieren – und die Erde wird sich immer noch um die Sonne drehen, in der immer gleichen unmerklich schwankenden Bahn, stur und unerbittlich, in rasendem und doch so stillem Lauf, immerzu, immerzu. Was liegt daran, ob diese Stadt hier lebt oder ob die graue, wäßrige, leblose Fläche alles zudeckt, die Häuser, die Türme, die Lichter, die Menschen – waren es die bleiernen Wogen des Toten Meeres, die ich durch die Dunkelheit von Regen und Schnee schwimmen sah, als wir über die Brücke fuhren?»

Ihm wurde kalt. Die Kälte des Weltalls, diese nur von ferne erahnte, große, steinige Kälte senkte sich auf ihn; die flüchtige Spur eine Sekunde lang, eine Ewigkeit lang.

Er öffnete die Augen und starrte aufs neue hinaus. Das Schauspielhaus tauchte auf, verschwand. Der Alte sah vorne seinen Freund; die Ruhe des Arztes, diese gütige Ruhe tat ihm wohl (er ahnte nicht dessen Unbehagen). Vom Anhauch des Nichts gestreift, wurde er wieder wach und tapfer. Bei der Universität bogen sie nach rechts, die Straße stieg, wurde dunkler, eine Kurve schloß sich an die andere, der Alte ließ sich treiben, hell, aufmerksam, unerschütterlich.

Der Zwerg

Hungertobels Wagen hielt in einem Park, dessen Tannen unmerklich in den Wald übergehen mußten, wie Bärlach vermutete; denn er konnte den Waldrand, der den Horizont abschloß, nur ahnen. Hier oben schneite es nun in großen, reinen Flocken; durch den fallenden Schnee erblickte der Alte undeutlich die Front des langgestreckten Spitals. Das hellerleuchtete Portal, in dessen Nähe der Wagen stand, war tief in die Front eingelassen und von zwei Fenstern flankiert, die kunstvoll vergittert waren und von denen aus man das Portal überwachen konnte, wie der Kommissär dachte. Hungertobel steckte schweigend eine ‹Little-Rose› in Brand, verließ den Wagen und verschwand im Eingang. Der Alte war allein. Er beugte sich vor und überschaute das Gebäude, so weit dies in der Dunkelheit möglich war. «Der Sonnenstein», dachte er, «die Wirklichkeit.» Der Schnee fiel dichter, kein einziges der vielen Fenster war erleuchtet, nur manchmal flackerte durch die fallenden Massen ein undeutlicher Schein; wie tot lag der weiße, gläserne, modern konstruierte Komplex vor ihm. Der Alte wurde unruhig, Hungertobel schien nicht zurückkehren zu wollen; er schaute auf die Uhr, es mußte jedoch kaum eine Minute vergangen sein. «Ich bin nervös», dachte er und lehnte sich zurück, in der Absicht, die Augen zu schließen.

Da fiel Bärlachs Blick durch die Wagenscheibe, an der außen der geschmolzene Schnee in breiten Spuren hinunterlief, auf eine Gestalt, die im Gitter des Fensters hing, das sich links vom Spitaleingang befand. Zuerst glaubte er einen Affen zu sehen, dann aber erkannte er erstaunt, daß es ein Zwerg war, einer, wie man ihn bisweilen im Zirkus zur Belustigung des Publikums antrifft. Die kleinen Hände und Füße waren nackt und umklammerten nach Affenart das Gitter, während sich der riesenhafte Schädel dem Kommissär zuwandte. Es war ein zusammengeschrumpftes, uraltes Gesicht von einer bestialischen Häßlichkeit, mit tiefen Rissen und Falten, entwürdigt von der Natur selbst, das den Alten mit großen, dunklen Augen anglotzte, unbeweglich wie ein verwitterter, moos-überwachsener Stein. Der Kommissär beugte sich vor und preßte sein Gesicht gegen die nasse Scheibe, um besser, genauer zu sehen, doch schon war der Zwerg verschwunden, mit einem katzenhaften Sprung rückwärts ins Zimmer, wie es schien; das Fenster war leer und dunkel. Nun kam Hungertobel und hinter ihm zwei Schwestern, doppelt weiß in diesem unaufhörlichen Schneetreiben. Der Arzt öffnete den Wagen und erschrak, als er Bärlachs bleiches Gesicht bemerkte.

Was mit ihm los sei, flüsterte er.

Nichts, gab der Alte zur Antwort. Er müsse sich nur an dieses moderne Gebäude gewöhnen. Die Wirklichkeit sei doch immer wieder ein wenig anders, als man so glaube.

Hungertobel spürte, daß der Alte etwas verschwieg, und blickte mißtrauisch nach ihm. «Nun», entgegnete er, leise wie vorhin, «es wäre soweit.»

Ob er Emmenberger gesehen habe, flüsterte der Kommissär.

Er habe mit ihm gesprochen, berichtete Hungertobel. «Es ist kein Zweifel möglich, Hans, daß er es ist. Ich habe mich in Ascona nicht getäuscht.»

Die beiden schwiegen. Draußen warteten, schon etwas ungeduldig, die Schwestern.

«Wir jagen einem Phantom nach», dachte Hungertobel. «Emmenberger ist ein harmloser Arzt, und dieses Spital ist eines wie andere auch, nur kostspieliger.»

Hinten im Wagen, in dem nun fast undurchdringlichen

Schatten saß der Kommissär und wußte genau, was Hungertobel dachte.

«Wann wird er mich untersuchen?» fragte er.

«Jetzt», antwortete Hungertobel.

Der Arzt spürte, wie der Alte munter wurde. «Dann nimm hier Abschied von mir, Samuel», sagte Bärlach, «du kannst dich nicht verstellen, und man darf nicht wissen, daß wir Freunde sind. Von diesem ersten Verhör wird viel abhängen.»

«Verhör?» wunderte sich Hungertobel.

«Was denn sonst?» antwortete der Kommissär spöttisch. «Emmenberger wird mich untersuchen und ich ihn vernehmen.»

Sie reichten einander die Hand.

Die Schwestern kamen. Nun waren es vier. Der Alte wurde auf einen Rollwagen von blitzendem Metall gehoben. Zurücksinkend sah er noch, wie Hungertobel den Koffer herausgab. Dann blickte der Alte hinauf, in eine schwarze, leere Fläche, von der die Flocken herunterschwebten in leisen, unbegreiflichen Wirbeln, wie tanzend, wie versinkend, im Licht aufleuchtend, um einen Augenblick naß und kalt sein Gesicht zu berühren. «Der Schnee wird nicht lange halten», dachte er. Das Rollbett wurde durch den Eingang geschoben, von draußen hörte er noch, wie sich Hungertobels Wagen entfernte. «Er fährt, er fährt», sagte er leise vor sich hin. Über dem Alten wölbte sich eine weiße, blitzende Decke, von großen Spiegeln unterbrochen, in denen er sich sah, ausgestreckt und hilflos; ohne Erschütterung und ohne Geräusch glitt der Wagen durch geheimnisvolle Korridore, nicht einmal die Schritte der Schwestern waren zu hören. An den gleißenden Wänden zu beiden Seiten klebten schwarze Ziffern, unsichtbar waren die Türen in das Weiß eingefügt, in einer Nische dämmerte der nackte feste Leib einer Statue. Von neuem nahm Bärlach die sanfte und doch grausame Welt eines Spitals auf.

Und hinter ihm das rote, dicke Gesicht einer Krankenschwester, die den Wagen schob.

Der Alte hatte wieder die Hände hinter seinem Nacken verschränkt.

«Gibt es hier einen Zwerg?» fragte er auf Hochdeutsch, denn er hatte sich als einen Auslandschweizer anmelden lassen.

Die Krankenschwester lachte. «Aber Herr Kramer», sagte sie, «wie kommen Sie auf eine solche Idee?»

Sie sprach ein schweizerisch gefärbtes Hochdeutsch, aus dem er schließen konnte, daß sie eine Bernerin war. So sehr ihn die Antwort mißtrauisch machte, so schien ihm dies dann doch wieder etwas Positives. Er war hier wenigstens unter Bernern.

Und er fragte: «Wie heißen Sie denn, Schwester?»

«Ich bin die Schwester Kläri.»

«Aus Bern, nicht wahr?»

«Aus Biglen, Herr Kramer.»

Die würde er bearbeiten, dachte der Kommissär.

Das Verhör

Bärlach, den die Schwester in einen, wie es auf den ersten Blick schien, gläsernen Raum schob, der sich in gleißender Helle vor ihm auftat, erblickte zwei Gestalten: leicht gebückt, hager die eine, ein Weltmann auch im Berufsmantel, mit dikker Hornbrille, die jedoch die Narbe an der rechten Braue nicht zu verdecken vermochte, Doktor Fritz Emmenberger. Des Alten Blick streifte den Arzt vorerst nur flüchtig; mehr beschäftigte er sich mit der Frau, die neben dem Manne stand, den er verdächtigte. Frauen machten ihn neugierig. Er betrachtete sie mißtrauisch. Als Berner waren ihm «studierte» Frauen unheimlich. Die Frau war schön, das mußte er zugeben, und als alter Junggeselle hatte er eine doppelte Schwäche dafür; sie war eine Dame, das sah er auf den ersten Blick, so vornehm und so zurückhaltend stand sie in ihrem weißen Ärztemantel neben Emmenberger (der doch ein Massenmörder sein konnte), aber sie war ihm doch etwas zu nobel. Man könnte sie direkt auf einen Sockel stellen, dachte der Kommissär erbittert.

«Grüeßech», sagte er, sein Hochdeutsch fallenlassend, das er noch eben mit Schwester Kläri gesprochen hatte; es freue ihn, einen so berühmten Arzt kennenzulernen.

Er spreche ja Berndeutsch, antwortete der Arzt ebenfalls im Dialekt.

Als Auslandberner werde er sein Miuchmäuchterli wohl noch können, brummte der Alte.

Nun, das habe er festgestellt, lachte Emmenberger. Die kunstgerechte Aussprache des Miuchmäuchterli sei immer noch das Kennwort der Berner.

«Hungertobel hat recht», dachte Bärlach. «Nehle ist der nicht. Ein Berliner hätte es nie zum Miuchmäuchterli gebracht.»

Er schaute sich die Dame von neuem an.

«Meine Assistentin, Frau Doktor Marlok», stellte der Arzt vor.

«So», sagte der Alte trocken, das freue ihn ebenfalls. Und dann fragte er unvermittelt, den Kopf ein wenig nach dem Arzt drehend: «Waren Sie nicht in Deutschland, Doktor Emmenberger?»

«Vor Jahren», antwortete der Arzt, «da war ich einmal dort, doch meistens in Santiago in Chile»; nichts verriet indessen, was er denken mochte und ob ihn die Frage beunruhige.

«In Chile, in Chile», sagte der Alte und dann noch einmal:

«In Chile, in Chile.»

Emmenberger steckte sich eine Zigarette in Brand und ging zum Schaltpult; nun lag der Raum im Halbdunkeln, notdürftig von einer kleinen blauen Lampe über dem Kommissär erhellt. Nur der Operationstisch war sichtbar, und die Gesichter der zwei vor ihm stehenden weißen Gestalten; auch erkannte der Alte, daß der Raum mit einem Fenster abgeschlossen wurde, durch welches von außen her einige ferne Lichter brachen. Der rote Punkt der Zigarette, die Emmenberger rauchte, bewegte sich auf und nieder.

«In solchen Räumen raucht man sonst nicht», fuhr es dem Kommissär durch den Kopf. «Ein wenig habe ich ihn doch schon aus der Fassung gebracht.»

Wo denn Hungertobel geblieben sei, fragte der Arzt.

Den habe er fortgeschickt, antwortete Bärlach. «Ich will, daß Sie mich ohne sein Dabeisein untersuchen.»

Der Arzt schob seine Brille in die Höhe. «Ich glaube, daß wir zu Doktor Hungertobel doch wohl Vertrauen haben können.»

«Gewiß», antwortete Bärlach.

«Sie sind krank», fuhr Emmenberger fort, «die Operation war gefährlich und gelingt nicht immer. Hungertobel sagte mir, daß Sie sich darüber im klaren sind. Das ist gut. Wir Ärzte brauchen mutige Patienten, denen wir die Wahrheit sagen dürfen. Ich hätte die Anwesenheit Hungertobels bei der Untersuchung begrüßt, und es tut mir leid, daß Hungertobel Ihrem Wunsche nachgekommen ist. Wir müssen als Mediziner zusammenarbeiten, das ist eine Forderung der Wissenschaft.»

Das könne er als Kollege gut verstehen, antwortete der Kommissär.

Emmenberger wunderte sich. Was er denn damit meine, fragte er. Seines Wissens sei Herr Kramer kein Arzt.

«Das ist einfach», lachte der Alte. «Sie spüren Krankheiten auf und ich Kriegsverbrecher.»

Emmenberger steckte sich eine neue Zigarette in Brand. «Für einen Privatmann wohl eine nicht ganz ungefährliche Beschäftigung», sagte er gelassen.

«Eben», antwortete Bärlach, «und nun bin ich mitten im Suchen krank geworden und zu Ihnen gekommen. Das nenne ich Pech, hier auf dem Sonnenstein zu liegen; oder ist es ein Glück?»

Über den Krankheitsverlauf könne er noch keine Prognose

stellen, antwortete Emmenberger. Hungertobel scheine nicht gerade zuversichtlich zu sein.

«Sie haben mich ja auch noch nicht untersucht», sagte der Alte. «Und dies ist auch der Grund, warum ich unseren braven Hungertobel nicht bei der Untersuchung haben wollte. Wir müssen unvoreingenommen sein, wenn wir in einem Fall weiterkommen wollen. Und weiterkommen wollen wir nun einmal, Sie und ich, denke ich. Es gibt nichts Schlimmeres, als sich von einem Verbrecher oder auch von einer Krankheit eine Vorstellung zu machen, bevor man den Verdächtigen in seiner Umgebung studiert und seine Gewohnheiten untersucht hat.»

Da habe er recht, entgegnete der Arzt. Obgleich er als Mediziner nichts von Kriminalistik verstehe, leuchte ihm das ein. Nun, er hoffe, daß sich Herr Kramer auf dem Sonnenstein etwas von seinem Beruf werde erholen können.

Dann zündete er sich eine dritte Zigarette an und meinte: «Ich denke, daß die Kriegsverbrecher sie hier in Ruhe lassen.»

Emmenbergers Antwort machte den Alten einen Augenblick mißtrauisch. «Wer verhört wen?» dachte er und schaute in Emmenbergers Gesicht, in dieses im Licht der einzigen Lampe maskenhafte Antlitz mit den blitzenden Brillengläsern, hinter denen die Augen übergroß und spöttisch schienen.

«Lieber Doktor», sagte er, «Sie werden auch nicht behaupten, in einem bestimmten Lande gebe es keinen Krebs.»

«Das soll doch nicht etwa heißen, daß es in der Schweiz Kriegsverbrecher gebe!» lachte Emmenberger belustigt.

Der Alte sah den Arzt prüfend an. «Was in Deutschland geschah, geschieht in jedem Land, wenn gewisse Bedingungen eintreten. Diese Bedingungen mögen verschieden sein. Kein Mensch, kein Volk ist eine Ausnahme. Von einem Juden, Doktor Emmenberger, den man in einem Konzentrationslager ohne Narkose operierte, hörte ich, es gebe nur einen Unterschied bei den Menschen: den zwischen den Peinigern und den Gepeinigten. Ich glaube jedoch, es gibt auch den Unterschied zwischen den Versuchten und den Verschonten. Da gehören denn wir Schweizer, Sie und ich, zu den Verschonten, was eine Gnade ist und kein Fehler, wie viele sagen; denn wir sollen ja auch beten: ‹Führe uns nicht in Versuchung›. So bin ich denn in die Schweiz gekommen, nicht um Kriegsverbrecher im allgemeinen zu suchen, sondern um einen Kriegsverbrecher aufzuspüren, von dem ich freilich nicht viel mehr denn ein undeutliches Bild kenne. Aber nun bin ich krank, Doktor Emmenberger, und die Jagd ist über Nacht zusammengebrochen, so daß der Verfolgte noch nicht einmal weiß, wie sehr ich ihm auf der Spur war. Ein jämmerliches Schauspiel.»

Dann habe er freilich kaum eine Chance mehr, den Gesuchten zu finden, antwortete der Arzt gleichgültig und blies den Zigarettenrauch von sich, der über des Alten Haupt einen feinen, milchig aufleuchtenden Ring bildete. Bärlach sah, wie er der Ärztin mit den Augen ein Zeichen gab, die ihm nun eine Injektionsspritze reichte. Emmenberger verschwand für einen Augenblick im Dunkel des Saales, dann, als er wieder sichtbar wurde, hatte er eine Tube bei sich.

«Ihre Chancen sind gering», sagte er aufs neue, indem er die Spritze mit einer farblosen Flüssigkeit füllte.

Aber der Kommissär widersprach.

«Ich habe noch eine Waffe», sagte er. «Nehmen wir Ihre Methode, Doktor. Sie empfangen mich, wie ich an diesem letzten trüben Tag des Jahres von Bern her durch Schneegestöber und Regen in Ihr Spital komme, zur ersten Untersuchung im Operationssaal. Warum tun Sie das? Es ist doch ungewöhnlich, daß ich gleich in einen Raum geschoben werde, vor dem ein Patient Grauen empfinden muß. Sie tun dies, weil Sie mir Furcht einflößen wollen, denn mein Arzt können Sie nur sein, wenn Sie mich beherrschen, und ich bin ein eigenwilliger Kranker, das wird Ihnen Hungertobel gesagt haben. Da werden Sie sich eben zu dieser Demonstration entschlossen haben. Sie wollen mich beherrschen, um mich heilen zu können, und da ist eben die Furcht eines der Mittel, das Sie anwenden müssen. So ist es auch in meinem verteufelten Beruf. Unsere Methoden sind die gleichen. Ich kann nur noch mit der Furcht gegen den vorgehen, den ich suche.»

Die Spritze in Emmenbergers Hand war gegen den Alten gerichtet. «Sie sind ein ausgekochter Psychologe», lachte der Arzt. «Es ist wahr, ich wollte Ihnen mit diesem Saal ein wenig imponieren. Die Furcht ist ein notwendiges Mittel. Doch bevor ich zu meiner Kunst greife, wollen wir doch die Ihre zu Ende hören. Wie wollen Sie vorgehen? Ich bin gespannt. Der Verfolgte weiß nicht, daß Sie ihn verfolgen, wenigstens sind dies Ihre eigenen Worte.»

«Er ahnt es, ohne es genau zu wissen, und das ist gefährlicher für ihn», antwortete Bärlach. «Er weiß, daß ich in der Schweiz bin und daß ich einen Kriegsverbrecher suche. Er wird seinen Verdacht beschwichtigen und sich immer wieder beteuern, daß ich einen andern suche und nicht ihn. Denn durch eine meisterhafte Maßnahme hatte er sich gesichert und sich aus der Welt des schrankenlosen Verbrechens in die Schweiz gerettet, ohne seine Person mit hinüberzunehmen. Ein großes Geheimnis. Aber in der dunkelsten Kammer seines Herzens wird er ahnen, daß ich ihn suche und niemand andern, nur ihn, immer nur ihn. Und er wird Furcht haben, immer größere Furcht, je unwahrscheinlicher es für seinen Verstand sein wird, daß ich ihn suche, während ich, Doktor, in diesem Spital in meinem Bett liege mit meiner Krankheit, mit meiner Ohnmacht.» Er schwieg.

Emmenberger sah ihn seltsam, fast mitleidig an, die Spritze in der ruhigen Hand.

«Ich zweifle an Ihrem Erfolg», sagte er gelassen. «Aber ich wünsche Ihnen Glück.»

«An seiner Furcht wird er krepieren», antwortete der Alte unbeweglich.

Emmenberger legte die Spritze langsam auf den kleinen Tisch aus Glas und Metall, der neben dem Rollbett stand. Da lag sie nun, ein bösartiges, spitzes Ding. Emmenberger stand ein wenig vornübergeneigt. «Meinen Sie?» sagte er endlich. «Glauben Sie?» Seine schmalen Augen zogen sich hinter der

Brille fast unmerklich zusammen. «Es ist erstaunlich, heutzutage noch einen so hoffnungsfrohen Optimisten zu sehen. Ihre Gedankengänge sind kühn; hoffen wir, daß die Realität Sie einmal nicht zu sehr düpiert. Es wäre traurig, wenn Sie zu entmutigenden Resultaten kämen.» Er sagte dies leise, etwas verwundert. Dann ging er langsam in die Dunkelheit des Raumes zurück, und es wurde wieder hell. Der Operationssaal lag in grellem Licht. Emmenberger stand beim Schaltbrett.

«Ich werde Sie später untersuchen, Herr Kramer», sagte er lächelnd. «Ihre Krankheit ist ernst. Das wissen Sie. Der Verdacht, sie könnte lebensgefährlich sein, ist nicht behoben. Ich habe nach unserem Gespräch leider diesen Eindruck. Offenheit verdient Offenheit. Die Untersuchung wird nicht eben leicht sein, da sie einen gewissen Eingriff verlangt. Den wollen wir doch lieber nach Neujahr unternehmen, nicht wahr? Ein schönes Fest soll man nicht stören. Die Hauptsache ist, daß ich Sie vorerst in Obhut genommen habe.»

Bärlach antwortete nicht.

Emmenberger drückte die Zigarette aus. «Teufel, Doktorin», sagte er, «da habe ich ja im Operationszimmer geraucht. Herr Kramer ist ein aufregender Besuch. Sie sollten ihm und mir mehr auf die Finger klopfen.»

«Was ist denn das?» fragte der Alte, wie ihm die Ärztin zwei rötliche Pillen gab.

«Nur ein Beruhigungsmittel», sagte sie. Doch das Wasser, das sie ihm reichte, trank er mit noch größerem Unbehagen.

«Läuten Sie der Schwester», befahl Emmenberger vom Schaltbrett her.

In der Tür erschien Schwester Kläri. Sie kam dem Kommissär wie ein gemütlicher Henker vor. «Henker sind immer gemütlich», dachte er.

«Welches Zimmer haben Sie denn unserem Herrn Kramer bereitgemacht?» fragte der Arzt.

«Nummer zweiundsiebzig, Herr Doktor», antwortete Schwester Kläri.

«Geben wir ihm das Zimmer fünfzehn», sagte Emmenberger. «Da haben wir ihn besser unter Kontrolle.»

Die Müdigkeit kam wieder über den Kommissär, die er schon in Hungertobels Wagen gespürt hatte.

Als die Schwester den Alten in den Korridor zurückrollte, machte der Wagen eine scharfe Wendung. Da sah Bärlach, sich noch einmal aus seiner Müdigkeit emporreißend, Emmenbergers Gesicht.

Er sah, daß ihn der Arzt aufmerksam beobachtete, lächelnd und heiter.

Von einem Fieberfrost geschüttelt, fiel er zurück.

Das Zimmer

Als er erwachte (es war immer noch Nacht, gegen halb elf; er mußte bei drei Stunden geschlafen haben, dachte er), befand er sich in einem Zimmer, das er verwundert und nicht ohne Besorgnis, aber doch mit einer gewissen Befriedigung betrachtete: da er Krankenzimmer haßte, gefiel es ihm, daß dieser Raum mehr einem Studio glich, einem technischen Raum, kalt und unpersönlich, soweit er dies im blauen Schein der Nachttischlampe erkennen konnte, die man zu seiner Linken hatte brennen lassen. Das Bett, in welchem er – nun im Nachthemd gut zugedeckt lag, war immer noch der gleiche Rollwagen, auf dem man ihn hereingebracht hatte; er erkannte ihn sofort, wenn er auch mit einigen Handgriffen verändert worden war.

«Man ist hier praktisch», sagte der Alte halblaut in die Stille hinein. Er ließ den Lichtkegel der nach allen Seiten drehbaren Lampe durch den Raum gleiten; ein Vorhang tauchte auf, hinter dem sich das Fenster verbergen mußte; er war mit seltsamen Pflanzen und Tieren bestickt, die im Lichte aufleuchteten. «Man sieht, daß ich auf der Jagd bin», sagte er sich.

Er legte sich ins Kissen zurück und überdachte das nun Erreichte. Es war wenig genug. Er hatte seinen Plan durchgeführt. Nun hieß es, das Begonnene weiterzuverfolgen, um die Fäden des Netzes dichter zu weben. Es war notwendig zu handeln, doch wie er handeln mußte und wo er ansetzen konnte, wußte er nicht. Er drückte einen Knopf nieder, der sich auf dem Tischchen befand. Schwester Kläri erschien.

«Sieh da, unsere Krankenschwester aus Biglen an der Eisenbahnlinie Burgdorf-Thun», begrüßte sie der Alte. «Da sieht man, wie ich die Schweiz kenne als alter Auslandschweizer.»

«So, Herr Kramer, was ist denn? Endlich erwacht?» sagte sie, die runden Arme in die Hüften gestemmt.

Der Alte schaute von neuem auf seine Armbanduhr. «Es ist erst halb elf.»

«Haben Sie Hunger?» fragte sie.

«Nein», antwortete der Kommissär, der sich schwach fühlte.

«Sehen Sie, nicht einmal Hunger haben der Herr. Ich werde die Doktorin rufen, die haben Sie ja kennengelernt. Die wird Ihnen noch eine Spritze geben», entgegnete die Schwester.

«Unsinn», brummte der Alte. «Ich habe noch keine Spritze bekommen. Drehen Sie lieber die Deckenlampe an. Ich will mir einmal dieses Zimmer besehen. Man muß doch wissen, wo man liegt.»

Er war recht ärgerlich.

Ein weißes, doch nicht blendendes Licht strahlte auf, von dem man nicht recht wußte, woher es kam. Der Raum trat in der neuen Beleuchtung noch deutlicher hervor. Über dem Alten war die Decke ein einziger Spiegel, wie er erst jetzt zu seinem Mißvergnügen bemerkte; denn sich selbst so ständig über sich zu haben, mußte nicht recht geheuer sein. «Überall diese Spiegeldecke», dachte er, «es ist zum Verrücktwerden», im geheimen über das Skelett entsetzt, das ihm von oben entgegenstarrte, wenn er hinsah, und das er selbst war. «Der Spiegel lügt», dachte er, «es gibt solche Spiegel, die alles verzerren, ich kann nicht so abgemagert sein.» Er sah sich weiter im Zimmer um, vergaß die unbeweglich wartende Schwester. Links von ihm war die Wand aus Glas, das auf einer grauen Materie lag,

74

in die nackte Gestalten, tanzende Frauen und Männer, geritzt waren, rein linear und doch plastisch; und von der rechten grüngrauen Wand hing wie ein Flügel zwischen Tür und Vorhang Rembrandts Anatomie in den Raum hinein, scheinbar sinnlos und doch berechnet, eine Zusammenstellung, die dem Raum etwas Frivoles gab, um so mehr, als über der Türe, in der die Schwester stand, ein schwarzes, rohes Holzkreuz hing.

«Nun, Schwester», sagte er, noch immer verwundert, daß sich das Zimmer durch die Beleuchtung so verändert hatte; denn ihm war vorher nur der Vorhang aufgefallen, und von den tanzenden Frauen und Männern, von der Anatomie und vom Kreuz hatte er nichts gesehen; doch nun auch von Besorgnis erfüllt, die ihm diese unbekannte Welt einflößte: «Nun, Schwester, das ist ein merkwürdiges Zimmer für ein Spital, das doch die Leute gesund machen soll und nicht verrückt.»

«Wir sind auf dem Sonnenstein», antwortete die Schwester Kläri und faltete die Hände über dem Bauch. «Wir gehen auf alle Wünsche ein», schwatzte sie, leuchtend vor Biederkeit, «auf die frömmsten und auf die andern. Ehrenwort, wenn Ihnen die Anatomie nicht paßt, bitte. Sie können die Geburt der Venus von Botticelli haben oder einen Picasso.»

«Dann schon lieber Ritter, Tod und Teufel», sagte der Kommissär.

Schwester Kläri zog ein Notizbuch hervor. ‹Ritter, Tod und Teufel›, notierte sie. «Das wird morgen montiert. Ein schönes Bild für ein Sterbezimmer. Ich gratuliere. Der Herr haben einen guten Geschmack.»

«Ich denke», antwortete der Alte, über die Grobheit dieser Schwester Kläri erstaunt, «ich denke, soweit ist es mit mir wohl noch nicht.»

Schwester Kläri wackelte bedächtig mit ihrem roten fleischigen Kopf. «Doch», sagte sie energisch. «Hier wird nur gestorben. Ausschließlich. Ich habe noch niemanden gesehen, der die Abteilung drei verlassen hätte. Und Sie sind auf der Abteilung drei, da läßt sich nichts dagegen machen. Jeder muß einmal sterben. Lesen Sie, was ich darüber geschrieben habe. Es ist in der Druckerei Liechti in Walkringen erschienen.»

Die Schwester zog aus ihrem Busen ein kleines Traktätchen, das sie dem Alten auf das Bett legte: ‹Kläri Glauber: Der Tod, das Ziel und der Zweck unseres Lebenswandels. Ein praktischer Leitfaden.›

Ob sie nun die Ärztin holen solle, fragte sie triumphierend.

«Nein», antwortete der Kommissär, immer noch das Ziel und den Zweck unseres Lebenswandels in den Händen. «Die habe ich nicht nötig. Aber den Vorhang möchte ich auf der Seite. Und das Fenster offen.»

Der Vorhang wurde zur Seite geschoben, das Licht erlosch.

Auch die Nachttischlampe drehte der Alte aus.

Die massige Gestalt der Schwester Kläri verschwand im erleuchteten Rechteck der Türe, doch bevor sich diese schloß, fragte er:

«Schwester, noch einmal! Sie geben auf alles unverblümt genug Antwort, um mir auch hier die Wahrheit zu sagen: Gibt es in diesem Haus einen Zwerg?»

«Natürlich», kam es brutal vom Rechteck her. «Sie haben ihn ja gesehen.»

Dann schloß sich die Türe.

«Unsinn», dachte er. «Ich werde die Abteilung drei verlassen. Das ist auch gar keine Kunst. Ich werde mit Hungertobel telefonieren. Ich bin zu krank, um irgend etwas Vernünftiges gegen Emmenberger zu unternehmen. Morgen kehre ich ins Salem zurück.»

Er fürchtete sich und schämte sich nicht, es zu gestehen.

Draußen war die Nacht und um ihn die Finsternis des Zimmers. Der Alte lag auf seinem Bett, fast ohne zu atmen.

«Einmal müssen die Glocken zu hören sein», dachte er, «die Glocken Zürichs, wenn sie das neue Jahr einläuten.»

Von irgendwoher schlug es Zwölf.

Der Alte wartete.

Von neuem schlug es von irgendwoher, dann noch einmal, immer zwölf unbarmherzige Schläge. Schlag um Schlag, wie Hammerschläge an ein Tor von Erz.

Kein Geläute, kein, wenn auch noch so ferner Aufschrei irgendeiner versammelten, glücklichen Menschenmenge.

Das neue Jahr kam schweigend.

«Die Welt ist tot», dachte der Kommissär und immer wieder: «Die Welt ist tot. Die Welt ist tot.»

Auf seiner Stirne spürte er kalten Schweiß, Tropfen, die langsam an seiner Schläfe entlangglitten. Die Augen hatte er weit aufgerissen. Er lag unbeweglich. Demütig.

Noch einmal hörte er von ferne zwölf Schläge, über einer öden Stadt verhallend. Dann war es ihm, als versinke er, in irgendein uferloses Meer, in irgendeine Finsternis.

Im Morgengrauen wachte er auf, in der Dämmerung des neuen Tags.

«Sie haben das neue Jahr nicht eingeläutet», dachte er immer wieder.

Das Zimmer war bedrohlicher denn je.

Lange starrte er in die beginnende Helle, in diese sich lichtenden, grüngrauen Schatten, bis er begriff:

Das Fenster war vergittert.

Doktor Marlok

«Da wäre er nun aufgewacht», sagte eine Stimme von der Türe her zum Kommissär, der nach dem vergitterten Fenster starrte. Ins Zimmer, das sich immer mehr mit einem nebligen, schemenhaften Morgen füllte, trat im weißen Ärztekittel ein altes Weib, wie es schien, mit welken, verschwollenen Zügen, in welchen Bärlach nur mühsam und mit Entsetzen das Antlitz der Ärztin erkannte, die er mit Emmenberger im Operationssaal gesehen hatte. Er starrte sie, müde und von Ekel geschüttelt, an. Ohne sich um den Kommissär zu kümmern, streifte sie den Rock zurück und stieß sich eine Spritze durch den Strumpf in den Oberschenkel; dann, nachdem sie die Injektion gemacht hatte, richtete sie sich auf, zog einen Handspiegel hervor und schminkte sich. Gebannt verfolgte der Alte den Vorgang. Er schien für das Weib nicht mehr vorhanden zu sein. Ihre Züge verloren das Gemeine und bekamen wieder die Frische und die Klarheit, die er an ihr bemerkt hatte, so daß, unbeweglich an den Türpfosten gelehnt, nun die Frau im Zimmer stand, deren Schönheit ihm bei seiner Ankunft aufgefallen war.

«Ich verstehe», sagte der Alte, langsam aus seiner Erstarrung erwachend, aber noch immer erschöpft und verwirrt. «Morphium.»

«Gewiß», sagte sie. «Das braucht man in dieser Welt – Kommissär Bärlach.»

Der Alte starrte in den Morgen hinaus, der sich verfinsterte; denn nun floß draußen der Regen nieder, hinein in den Schnee, der von der Nacht her noch liegen mußte, und dann sagte er leise, wie beiläufig:

«Sie wissen, wer ich bin.»

Dann starrte er wieder hinaus.

«Wir wissen, wer Sie sind», stellte nun auch die Ärztin fest, immer noch an die Türe gelehnt, beide Hände in den Taschen ihres Berufsmantels vergraben.

Wie man darauf gekommen sei, fragte er und war eigentlich gar nicht neugierig.

Sie warf ihm eine Zeitung aufs Bett.

Es war ‹Der Bund›.

Auf der ersten Seite war sein Bild, wie der Alte gleich feststellte, eine Aufnahme vom Frühling her, da er noch die Ormond-Brasil rauchte, und darunter stand: Der Kommissär der Stadtpolizei Bern, Hans Bärlach, in den Ruhestand getreten.

«Natürlich», brummte der Kommissär.

Dann sah er, als er nun verblüfft und verärgert einen zweiten Blick auf die Zeitung warf, das Datum der Ausgabe.

78

Es war das erste Mal, daß er die Haltung verlor.

«Das Datum», schrie er heiser: «Das Datum, Ärztin! Das Datum der Zeitung!»

«Nun?» fragte sie, ohne auch nur das Gesicht zu verziehen.

«Es ist der fünfte Januar», keuchte der Kommissär verzweifelt, der nun das Ausbleiben der Neujahrsglocken, die ganze fürchterliche vergangene Nacht, begriff.

Ob er ein anderes Datum erwartet habe, fragte sie spöttisch und sichtlich auch neugierig, indem sie die Brauen ein wenig hob.

Er schrie: «Was haben Sie mit mir gemacht?» und versuchte, sich aufzurichten, doch fiel er kraftlos ins Bett zurück.

Noch einige Male ruderten die Arme in der Luft herum, dann lag er wieder unbeweglich.

Die Ärztin zog ein Etui hervor, dem sie eine Zigarette entnahm.

Sie schien von allem unberührt zu sein.

«Ich wünsche nicht, daß man in meinem Zimmer raucht», sagte Bärlach leise, aber bestimmt.

«Das Fenster ist vergittert», antwortete die Ärztin und deutete mit dem Kopf dorthin, wo hinter den Eisenstäben der Regen niederrann.

«Ich glaube nicht, daß Sie etwas zu bestimmen haben.»

Dann wandte sie sich dem Alten zu und stand nun vor seinem Bett, die Hände in den Taschen des Mantels.

«Insulin», sagte sie, indem sie auf ihn niederblickte. «Der Chef hat eine Insulinkur mit Ihnen gemacht. Seine Spezialität.» Sie lachte: «Wollen Sie den Mann denn verhaften?»

«Emmenberger hat einen deutschen Arzt namens Nehle ermordet und ohne Narkose operiert», sagte Bärlach kaltblütig. Er fühlte, daß er die Ärztin gewinnen mußte.

Er war entschlossen, alles zu wagen.

«Er hat noch viel mehr gemacht, unser Doktor», entgegnete die Ärztin.

«Sie wissen es!»

«Gewiß.»

«Sie geben zu, daß Emmenberger unter dem Namen Nehle Lagerarzt in Stutthof war?» fragte er fiebrig.

«Natürlich.»

«Auch den Mord an Nehle geben Sie zu?»

«Warum nicht?»

Bärlach, der so mit einem Schlag seinen Verdacht bestätigt fand, diesen ungeheuerlichen, abstrusen Verdacht, aus Hungertobels Erbleichen und aus einer alten Fotografie herausgelesen, den er diese endlosen Tage wie eine Riesenlast mit sich geschleppt hatte, blickte erschöpft nach dem Fenster. Dem Gitter entlang rollten einzelne, silbern leuchtende Wassertropfen. Er hatte sich nach diesem Augenblick des Wissens gesehnt, als nach einem Augenblick der Ruhe.

«Wenn Sie alles wissen», sagte er, «sind Sie mitschuldig.»

Seine Stimme klang müde und traurig.

Die Ärztin blickte mit einem so merkwürdigen Blick auf ihn nieder, daß ihn ihr Schweigen beunruhigte. Sie streifte ihren rechten Ärmel hoch. In den Unterarm, tief ins Fleisch, war eine Ziffer gebrannt, wie bei einem Stück Vieh. «Muß ich Ihnen noch den Rücken zeigen?» fragte sie.

«Sie waren im Konzentrationslager?» rief der Kommissär bestürzt aus und starrte nach ihr, mühsam halb aufgerichtet, indem er sich auf den rechten Arm stützte.

«Edith Marlok, Häftling 4466 im Vernichtungslager Stutthof bei Danzig.»

Ihre Stimme war kalt und erstorben.

Der Alte fiel in die Kissen zurück. Er verfluchte seine Krankheit, seine Schwäche, seine Hilflosigkeit.

«Ich war Kommunistin», sagte sie und schob den Ärmel hinunter.

«Und wie konnten Sie das Lager überstehen?»

«Das ist einfach», antwortete sie und hielt seinen Blick so gleichgültig aus, als könne sie nichts mehr bewegen, kein menschliches Gefühl und kein noch so entsetzliches Schicksal:

«Ich bin Emmenbergers Geliebte geworden.»

«Das ist doch unmöglich», entfuhr es dem Kommissär.

Sie sah ihn verwundert an.

«Ein Folterknecht erbarmte sich einer dahinsiechenden Hündin», sagte sie endlich. «Die Chance, einen SS-Arzt zu ihrem Geliebten zu bekommen, haben nur wenige von uns Frauen im Lager Stutthof gehabt. Jeder Weg, sich zu retten, ist gut. Sie versuchen ja nun auch alles, vom Sonnenstein loszukommen.»

Fiebernd und zitternd versuchte er sich zum drittenmal aufzurichten. «Sind Sie immer noch seine Geliebte?»

«Natürlich. Warum nicht?»

Das könne sie doch nicht. Emmenberger sei ein Ungeheuer, schrie Bärlach. «Sie waren Kommunistin, da haben Sie doch Ihre Überzeugung!»

«Ja, ich hatte meine Überzeugung», sagte sie ruhig. «Ich war überzeugt, daß man dieses traurige Ding da aus Stein und Lehm, das sich um die Sonne dreht, unsere Erde lieben müsse, daß es unsere Pflicht sei, dieser Menschheit im Namen der Vernunft zu helfen, aus der Armut und aus der Ausbeutung herauszukommen. Mein Glaube war keine Phrase. Und als der Postkartenmaler mit dem lächerlichen Schnurrbart und der kitschigen Stirnlocke die Macht übernahm, wie der fachgemäße Ausdruck für das Verbrechen heißt, das er von nun an trieb, bin ich nach dem Lande geflüchtet, an das ich wie alle Kommunisten geglaubt habe, zu unser aller tugendhaftem Mütterlein, nach der ehrwürdigen Sowjetunion. O ich hatte meine Überzeugung und setzte sie der Welt entgegen. Ich war wie Sie entschlossen, Kommissär, gegen das Böse zu kämpfen bis an meines Lebens seliges Ende.»

«Wir dürfen diesen Kampf nicht aufgeben», entgegnete Bärlach leise, der schon wieder, vor Kälte schlotternd, in den Kissen lag.

«Dann schauen Sie in den Spiegel über Ihnen, möchte ich bitten», befahl sie.

«Ich habe mich schon gesehen», antwortete er, den Blick nach oben ängstlich vermeidend.

Sie lachte. «Ein schönes Skelett, nicht wahr, grinst Ihnen da entgegen, den Kriminalkommissär der Stadt Bern darstellend! Unser Lehrsatz vom Kampf gegen das Böse, der nie, unter keinen Umständen und unter keinen Verhältnissen aufgegeben werden darf, stimmt im luftleeren Raum oder, was dasselbe ist, auf dem Schreibtisch; aber nicht auf dem Planeten, auf dem wir durch das Weltall rasen wie Hexen auf einem Besen. Mein Glaube war groß, so groß, daß ich nicht verzweifelte, als ich in das Elend der russischen Massen einging, in die Trostlosigkeit dieses gewaltigen Landes, das keine Gewalt, sondern nur noch die Freiheit des Geistes zu adeln vermöchte. Als die Russen mich in ihre Gefängnisse vergruben und mich, ohne Verhör und ohne Urteil, von einem Lager ins andere schoben, ohne daß ich wußte wozu, zweifelte ich nicht, daß auch dies im großen Plan der Geschichte einen Sinn habe. Als der famose Pakt zustande kam, den Herr Stalin mit Herrn Hitler schloß, sah ich dessen Notwendigkeit ein, galt es doch, das große kommunistische Vaterland zu erhalten. Als ich jedoch eines Morgens nach wochenlanger Fahrt in irgendeinem Viehwagen von Sibirien her von russischen Soldaten tief im Winter des Jahres vierzig, mitten in einer Schar zerlumpter Gestalten, über eine jämmerliche Holzbrücke getrieben wurde, unter der sich träge ein schmutziger Fluß dahinschleppte, Eis und Holz treibend, und als uns am andern Ufer die aus den Morgennebeln tauchenden schwarzen Gestalten der SS in Empfang nahmen, begriff ich den Verrat, der da getrieben wurde, nicht nur an uns gottverlassenen armen Teufeln, die nun Stutthof entgegenwankten, nein, auch an der Idee des Kommunismus selbst, der doch nur einen Sinn haben kann, wenn er eins ist mit der Idee der Nächstenliebe und der Menschlichkeit. Doch jetzt bin ich über die Brücke gegangen, Kommissär, für immer über diesen schwarzen, schwankenden Steg, unter dem der Bug dahinfließt (so heißt dieser Tartarus).

Ich weiß nun, wie der Mensch beschaffen ist, so nämlich, daß man alles mit ihm machen kann, was sich je ein Machthaber oder je ein Emmenberger zu seinem Vergnügen und seinen Theorien zuliebe erdenkt; daß man aus dem Munde der Menschen jedes Geständnis zu erpressen vermag, denn der menschliche Wille ist begrenzt, die Zahl der Foltern Legion. Laßt jede Hoffnung fahren, die ihr mich durchschreitet! Ich ließ jede Hoffnung fahren. Es ist Unsinn, sich zu wehren und sich für eine bessere Welt einzusetzen. Der Mensch selbst wünscht seine Hölle herbei, bereitet sie in seinen Gedanken vor und leitet sie mit seinen Taten ein. Überall dasselbe, in Stutthof und hier im Sonnenstein, dieselbe schaurige Melodie, die aus dem Abgrund der menschlichen Seele in düsteren Akkorden aufsteigt. War das Lager bei Danzig die Hölle der Juden, der Christen und Kommunisten, so ist dieses Spital hier, mitten im braven Zürich, die Hölle der Reichen.»

«Was verstehen Sie darunter? Das sind seltsame Worte, die Sie da brauchen», fragte Bärlach, gebannt der Ärztin folgend, die ihn gleichermaßen faszinierte und erschreckte.

«Sie sind neugierig», sagte sie, «und scheinen stolz darauf zu sein. Sie wagten sich in einen Fuchsbau, aus dem es keinen Ausweg mehr gibt. Zählen Sie nicht auf mich. Mir sind die Menschen gleichgültig, auch Emmenberger, der doch mein Geliebter ist.»

Die Hölle der Reichen

«Warum», begann sie wieder zu sprechen, «um dieser verlorenen Welt willen, Kommissär, haben Sie sich denn nicht mit ihren täglichen Diebstählen begnügt, und wozu denn mußten Sie in den Sonnenstein dringen, wo Sie nichts zu suchen haben? Doch ein ausgedienter Polizeihund verlangt nach höherem, denke ich.»

Die Ärztin lachte.

«Das Unrecht ist dort aufzusuchen, wo es zu finden ist», antwortete der Alte. «Das Gesetz ist das Gesetz.»

«Ich sehe, Sie lieben die Mathematik», entgegnete sie und steckte sich eine neue Zigarette in Brand. Immer noch stand sie an seinem Bett, nicht zögernd und behutsam, wie man sich dem Lager eines Kranken nähert, sondern so, wie man neben einem Verbrecher steht, der schon auf den Schragen gebunden ist und dessen Tod man als richtig und wünschenswert erkannt hat, als eine sachliche Prozedur, die ein nutzloses Dasein auslöscht. «Das habe ich mir schon gleich gedacht, daß Sie zu jener Sorte von Narren gehören, die auf die Mathematik schwören. Das Gesetz ist das Gesetz. $X = X$. Die ungeheuerlichste Phrase, die je in den ewig blutigen, ewig nächtlichen Himmel stieg, der über uns hängt», lachte sie. «Wie wenn es eine Bestimmung über Menschen gäbe, die ohne Rücksicht auf das Maß der Macht gelten könnte, die ein Mensch besitzt! Das Gesetz ist nicht das Gesetz, sondern die Macht; dieser Spruch steht über den Tälern geschrieben, in denen wir zugrunde gehen. Nichts ist sich selber in dieser Welt, alles ist Lüge. Wenn wir Gesetz sagen, meinen wir Macht; sprechen wir das Wort Macht aus, denken wir an Reichtum, und kommt das Wort Reichtum über unsere Lippen, so hoffen wir, die Laster der Welt zu genießen. Das Gesetz ist das Laster, das Gesetz ist der Reichtum, das Gesetz sind die Kanonen, die Trusts, die Parteien; was wir auch sagen, nie ist es unlogisch, es sei denn der Satz, das Gesetz sei das Gesetz, der allein die Lüge ist. Die Mathematik lügt, die Vernunft, der Verstand, die Kunst, sie alle lügen. Was wollen Sie denn, Kommissär? Da werden wir, ohne gefragt zu werden, auf irgendeine brüchige Scholle gesetzt, wir wissen nicht wozu; da stieren wir in ein Weltall hinein, ungeheuer an Leere und ungeheuer an Fülle, eine sinnlose Verschwendung, und da treiben wir den fernen Katarakten entgegen, die einmal kommen müssen – das einzige, was wir wissen. So leben wir, um zu sterben, so atmen und sprechen wir, so lieben wir, und so haben wir Kinder und Kindeskinder, um mit ihnen, die wir lieben und die wir aus unserem Fleische hervorgebracht haben, in Aas verwandelt zu werden, um in die gleichgültigen, toten Elemente zu zerfallen, aus denen wir zusammengesetzt sind. Die Karten wurden gemischt, ausgespielt und zusammengeräumt; c'est ça. Und weil wir nichts anderes haben als diese treibende Scholle von Dreck und Eis, an die wir uns klammern, so wünschen wir, daß dieses unser einziges Leben – diese flüchtige Minute angesichts des Regenbogens, der sich über dem Gischt und dem Dampf des Abgrunds spannt – ein glückliches sei, daß uns der Überfluß der Erde geschenkt werde, die kurze Zeit, da sie uns zu tragen vermag, sie, die einzige, wenn auch armselige Gnade, die uns verliehen wurde. Doch dies ist nicht so und wird nie so sein, und das Verbrechen, Kommissär, besteht nicht darin, daß es nicht so ist, daß es Armut und Elend gibt, sondern darin, daß es Arme und Reiche gibt, daß das Schiff, das uns alle hinunterreißt, mit dem wir alle versinken, noch Kabinen für die Mächtigen und Reichen neben den Massenquartieren der Elenden besitzt. Wir müßten alle sterben, sagt man, da spiele dies keine Rolle. Sterben sei Sterben. O diese possenhafte Mathematik! Eines ist das Sterben der Armen, ein anderes das Sterben der Reichen und der Mächtigen, und eine Welt zwischen ihnen, jene, in der sich die blutige Tragikomödie zwischen dem Schwachen und dem Mächtigen abspielt. Wie der Arme gelebt hat, stirbt er auch, auf einem Sack im Keller, auf einer zerschlissenen Matratze, wenn's höher geht, oder auf dem blutigen Feld der Ehre, wenn's hoch kommt; aber der Reiche stirbt anders. Er hat im Luxus gelebt und will nun im Luxus sterben, er ist kultiviert und klatscht beim Krepieren in die Hände: Beifall, meine Freunde, die Theatervorstellung ist zu Ende! Das Leben war eine Pose, das Sterben eine Phrase, das Begräbnis eine Reklame und das Ganze ein Geschäft. C'est ça. Könnte ich Sie durch dieses Spital führen, Kommissär, durch diesen Sonnenstein, der mich zu dem gemacht hat, was ich nun bin, weder Weib noch Mann, nur Fleisch, das immer größere Mengen Morphium braucht, um über diese Welt die Witze zu machen, die sie verdient, so würde ich Ihnen, einem ausgedienten, erledigten Polizisten, einmal zeigen, *wie* die Reichen sterben. Ich würde Ihnen die phantastischen Krankenzimmer aufschließen, diese bald kitschigen, bald raffinierten Räume, in denen sie verfaulen, diese glitzernden Zellen der Lust und der Qual, der Willkür und der Verbrechen.»

Bärlach gab keine Antwort. Er lag da, krank und unbeweglich, das Gesicht abgewandt.

Die Ärztin beugte sich über ihn.

«Ich würde Ihnen», fuhr sie unbarmherzig fort, «die Namen derer nennen, die hier zugrunde gingen und zugrunde gehen, die Namen der Politiker, der Bankiers, der Industriellen, der Mätressen und der Witwen, ruhmreiche Namen und jene unbekannter Schieber, die mit einem Dreh, der ihnen nichts kostet, die Millionen verdienen, die uns alles kosten. Da sterben sie denn in diesem Spital. Bald kommentieren sie das Absterben ihres Leibes mit blasphemischen Witzen, bald bäumen sie sich auf und stoßen wilde Flüche über ihr Schicksal aus, alles zu besitzen und doch sterben zu müssen, oder plärren die widerlichsten Gebete hinein in ihre Zimmer voll von Brokat und Seide, um nicht die Seligkeit hienieden mit der Seligkeit des Paradieses vertauschen zu müssen. Emmenberger gewährt ihnen alles, und sie nehmen unersättlich, was er ihnen bietet; aber sie brauchen noch mehr, sie brauchen die Hoffnung: auch dies gewährt er ihnen. Doch der Glaube, den sie ihm schenken, ist der Glaube an den Teufel, und die Hoffnung, die er ihnen schenkt, ist die Hölle. Sie haben Gott verlassen, und einen neuen Gott gefunden. Freiwillig unterziehen sich die Kranken den Torturen, begeistert über diesen Arzt, um nur noch einige Tage, einige Minuten länger zu leben (wie sie hoffen), um sich nicht von dem zu trennen, was sie mehr als Himmel und Hölle lieben, mehr als all die Seligkeit und die Verdammnis: von der Macht und von der Erde, die ihnen diese

Macht verlieh. Auch hier operiert der Chef ohne Narkose. Alles, was Emmenberger in Stutthof tat, in dieser grauen, unübersichtlichen Barackenstadt auf der Ebene von Danzig, das tut er nun auch hier, mitten in der Schweiz, mitten in Zürich, unberührt von der Polizei, von den Gesetzen dieses Landes, ja, sogar im Namen der Wissenschaft und der Menschlichkeit; unbeirrbar gibt er, was die Menschen von ihm wollen: Qualen, nichts als Qualen.»

«Nein», schrie Bärlach, «nein! Man muß diesen Menschen vernichten!»

«Dann müssen Sie die Menschheit vernichten», antwortete sie.

Er schrie wieder sein heiseres, verzweifeltes Nein und richtete mühsam seinen Oberkörper auf.

«Nein, nein!» kam es aus seinem Munde, doch konnte er nur noch flüstern.

Da berührte die Ärztin nachlässig seine rechte Schulter, und er fiel hilflos zurück.

«Nein, nein», röchelte er in den Kissen.

«Sie Narr!» lachte die Ärztin. «Was wollen Sie mit Ihrem Nein, Nein! In den schwarzen Kohlengebieten, woher ich komme, habe ich auch mein Nein, Nein zu dieser Welt voll Not und Ausbeutung gesagt und fing an zu arbeiten: In der Partei, in den Abendschulen, später auf der Universität und immer entschlossener und hartnäckiger in der Partei. Ich studierte und arbeitete um meines Nein, Nein willen; aber jetzt, Kommissär, jetzt, wie ich in diesem Ärztekittel an diesem nebligen Morgen voll Schnee und Regen vor Ihnen stehe, weiß ich, daß dieses Nein, Nein sinnlos geworden ist, denn die Erde ist zu alt, um noch ein Ja, Ja zu werden, das Gute und das Böse sind zu sehr ineinander verschlungen in der gottverlassenen Hochzeitsnacht zwischen Himmel und Hölle, die diese Menschheit gebar, um je wieder voneinander getrennt zu werden, um zu sagen: Dies ist wohlgetan und jenes vom Übel, dies führt zum Guten und jenes zum Schlechten. Zu spät! Wir können nicht mehr wissen, was wir tun, welche Handlung unser Gehorsam oder unsere Auflehnung nach sich zieht, welche Ausbeutung, was für ein Verbrechen an den Früchten klebt, die wir essen, am Brot und an der Milch, die wir unseren Kindern geben. Wir töten, ohne das Opfer zu sehen und ohne von ihm zu wissen, und wir werden getötet, ohne daß der Mörder es weiß. Zu spät! Die Versuchung dieses Daseins war zu groß, und der Mensch zu klein für die Gnade, die darin besteht, zu leben und nicht vielmehr Nichts zu sein. Nun sind wir krank auf den Tod, vom Krebs unserer Taten zerfressen. Die Welt ist faul, Kommissär, sie verwest wie eine schlecht gelagerte Frucht. Was wollen wir noch! Die Erde ist nicht mehr als Paradies herstellbar, der infernalische Lavastrom, den wir in den lästerlichen Tagen unserer Siege, unseres Ruhms und unseres Reichtums heraufbeschworen haben und der nun unsere Nacht erhellt, läßt sich nicht mehr in die Schächte bannen, denen er entstiegen ist. Wir können nur noch in unseren Träumen zurückgewinnen, was wir verloren haben, in den leuchtenden Bildern der Sehnsucht, die wir durch das Morphium erlangen. So tue ich denn, Edith Marlok, ein vierunddreißigjähriges Weib, für die farblose Flüssigkeit, die ich mir unter die Haut spritze, die mir am Tag den Mut zum Hohn und in der Nacht meine Träume verleiht, die Verbrechen, die man von mir verlangt, damit ich in einem flüchtigen Wahn besitze, was nicht mehr da ist: diese Welt, wie ein Gott sie erschaffen hat. C'est ça. Emmenberger, Ihr Landsmann, dieser Berner, kennt die Menschen und wofür sie zu brauchen sind. Er setzt seine unbarmherzigen Hebel an, wo wir am schwächsten sind: am tödlichen Bewußtsein unserer ewigen Verlorenheit.»

«Gehen Sie jetzt», flüsterte er, «gehen Sie jetzt!»

Die Ärztin lachte. Dann richtete sie sich auf, schön, stolz, unnahbar.

«Sie wollen das Schlechte bekämpfen und fürchten sich vor meinem C'est ça», sagte sie, sich aufs neue schminkend und pudernd, wieder an die Türe gelehnt, über der sinnlos und einsam das alte Holzkreuz hing. «Sie schaudern schon vor einer geringen, tausendmal besudelten und entwürdigten Dienerin dieser Welt. Wie werden Sie erst ihn, den Höllenfürsten selbst, Emmenberger, bestehen?»

Und dann warf sie dem Alten eine Zeitung und ein braunes Kuvert auf das Bett.

«Lesen Sie die Post, mein Herr. Ich denke, Sie werden sich wundern, was Sie mit Ihrem guten Willen angerichtet haben!»

Ritter, Tod und Teufel

Nachdem die Ärztin den Alten verlassen hatte, lag er lange unbeweglich. Sein Verdacht hatte sich bestätigt, doch was ihm zur Zufriedenheit hätte gereichen sollen, flößte ihm Grauen ein. Er hatte richtig gerechnet, doch falsch gehandelt, wie er ahnte. Allzusehr fühlte er die Ohnmacht seines Leibes. Er hatte sechs Tage verloren, sechs fürchterliche Tage, die seinem Bewußtsein fehlten, Emmenberger wußte, wer ihm nachstellte, und hatte zugeschlagen.

Dann endlich, als Schwester Kläri mit Kaffee und Brötchen kam, ließ er sich aufrichten, trank und aß trotzig das Gebrachte, wenn auch mißtrauisch, entschlossen, seine Schwäche zu besiegen und anzugreifen.

«Schwester Kläri», sagte er, «ich komme von der Polizei, es ist vielleicht besser, daß wir deutlich miteinander reden.»

«Ich weiß, Kommissär Bärlach», antwortete die Krankenschwester, drohend und gewaltig neben seinem Bett.

«Sie wissen meinen Namen und sind demnach im Bilde», fuhr Bärlach fort, stutzig geworden, «dann wissen Sie wohl auch, weshalb ich hier bin?»

«Sie wollen unseren Chef verhaften», sagte sie, auf den Alten niederblickend.

«Den Chef», nickte der Kommissär. «Und Sie werden wissen, daß Ihr Chef im Konzentrationslager Stutthof in Deutschland viele Menschen getötet hat?»

«Mein Chef hat sich bekehrt», antwortete die Schwester Kläri Glauber aus Biglen stolz. «Seine Sünden sind ihm vergeben.»

«Wieso?» fragte Bärlach verblüfft, das Ungeheuer an Biederkeit anstarrend, das an seinem Bette stand, die Hände über dem Bauch gefaltet, strahlend und überzeugt.

«Er hat eben meine Broschüre gelesen», sagte die Schwester.

«Den Sinn und den Zweck unseres Lebenswandels?»

«Eben.»

«Das ist doch Unsinn», rief der Kranke ärgerlich, Emmenberger tötet weiter.»

«Vorher tötete er aus Haß, nun aus Liebe», entgegnete die Schwester fröhlich. «Er tötet als Arzt, weil der Mensch im geheimen nach seinem Tod verlangt. Lesen Sie nur meine Broschüre. Der Mensch muß durch den Tod hindurch zu seiner höheren Möglichkeit.»

«Emmenberger ist ein Verbrecher», keuchte der Kommissär, ohnmächtig vor so viel Bigotterie. «Die Emmentaler sind noch immer die verfluchtesten Sektierer gewesen», dachte er verzweifelt.

«Der Sinn und der Zweck unseres Lebenswandels kann kein Verbrechen sein», schüttelte Schwester Kläri mißbilligend den Kopf und räumte ab.

«Ich werde Sie als Mitwisserin der Polizei übergeben», drohte der Kommissär, zur billigsten Waffe greifend, wie er wohl wußte.

«Sie sind auf der Abteilung drei», sagte Schwester Kläri Glauber, traurig über den störrischen Kranken, und ging hinaus.

Ärgerlich griff der Alte zur Post. Das Kuvert kannte er, es war jenes, in welchem Fortschig seinen Apfelschuß zu verschicken pflegte. Er öffnete, und die Zeitung fiel heraus. Sie war wie immer seit fünfundzwanzig Jahren mit einer nun wohl rostigen und klapprigen Schreibmaschine geschrieben, mit mangelhaftem l und r. «Der Apfelschuß, schweizerisches Protestblatt für das Inland samt Umgebung, herausgegeben von Ulrich Friedrich Fortschig», war der Titel, dies gedruckt, und darunter, nun mit der Schreibmaschine getippt:

Ein SS-Folterknecht als Chefarzt

Wenn ich nicht die Beweise hätte (schrieb Fortschig), diese fürchterlichen, klaren und unwiderlegbaren Beweise, wie sie weder ein Kriminalist noch ein Dichter, sondern allein die Wirklichkeit aufzustellen in der Lage ist, so würde ich genötigt sein, als Ausgeburt einer krankhaften Einbildungskraft zu bezeichnen, was hier die Wahrheit mich zwingt niederzuschreiben. Der Wahrheit; denn das Wort, auch wenn sie uns erblassen läßt, auch wenn sie das Vertrauen, welches wir — immer noch und trotz allem — in die Menschheit setzen, für immer erschüttert. Daß ein Mensch, ein Berner, unter fremdem Namen, in einem Vernichtungslager bei Danzig seinem blutigen Handwerk nachging — ich wage nicht näher zu beschreiben, mit welcher Bestialität —, entsetzt uns, daß er aber in der Schweiz einem Spital vorstehen darf, ist eine Schande, für die wir keine Worte finden, und ein Anzeichen, daß es nun auch bei uns wirklich Matthäi am letzten ist. Diese Worte mögen denn einen Prozeß einleiten, der, obschon schrecklich und für unser Land peinlich, dennoch gewagt werden muß, steht doch unser Ansehen auf dem Spiel, das harmlose Gerücht, wir mausten uns noch so ziemlich redlich durch die düsteren Dschungel dieser Zeit — (zwar manchmal mehr Geld verdienend als gerade üblich mit Uhren, Käse und einigen, nicht sehr ins Gewicht fallenden Waffen). So schreite ich denn zur Tat. Wir verlieren alles, wenn wir die Gerechtigkeit aufs Spiel setzen, mit der sich nicht spielen läßt, auch wenn es uns Pestalozzis beschämen muß, einmal selber auf die Finger zu bekommen. Den Verbrecher jedoch, einen Arzt in Zürich, dem wir keinen Pardon geben, weil er nie einen gab, den wir erpressen, weil er erpreßte, und den wir schließlich morden, weil er unzählige mordete – wir wissen, es ist ein Todesurteil, das wir niederschreiben – (diesen Satz las Bärlach zweimal); jenen Chefarzt einer Privatklinik – um deutlich zu werden – fordern wir auf, sich der Kriminalpolizei Zürich zu stellen. Die Menschheit, die zu allem fähig wird und die in steigendem Maße den Mord wie keine zweite Kunst versteht, diese Menschheit, an der schließlich auch wir hier in der Schweiz teilhaben, da auch wir die gleichen Keime des Unglücks in uns tragen, die Sittlichkeit für unrentabel und das Rentable für sittlich zu halten; sie sollte endlich einmal an dieser durch das bloße Wort gefällten Bestie von einem Massenmörder lernen, daß der Geist, den man mißachtet, auch die schweigenden Münder aufbricht und sie zwingt, ihren eigenen Untergang herbeizuführen.

So sehr dieser hochtrabende Text Bärlachs ursprünglichem Plane entsprach, der recht simpel und unbekümmert darauf ausgegangen war, Emmenberger einzuschüchtern – das andere würde sich dann schon irgendwie geben, hatte er mit der fahrlässigen Selbstsicherheit eines alten Kriminalisten gedacht –, so unbestechlich erkannte er nun, daß er sich geirrt hatte. Der Arzt konnte bei weitem nicht als ein Mann gelten, der sich einschüchtern ließ. Fortschig schwebte in Todesgefahr, fühlte der Kommissär, doch hoffte er, daß sich der Schriftsteller schon in Paris und damit in Sicherheit befinde.

Da schien sich Bärlach unvermutet eine Möglichkeit zu bieten, mit der Außenwelt in Verbindung zu treten.

Ein Arbeiter betrat nämlich den Raum, Dürers ‹Ritter, Tod und Teufel› in einer vergrößerten Wiedergabe unter dem Arm. Der Alte schaute sich diesen Mann genau an, es war ein gutmütiger, etwas verwahrloster Mensch von nicht ganz fünfzig Jahren, wie er schätzte, in einer blauen Arbeitskleidung, der auch gleich die ‹Anatomie› abzumontieren begann.

«He!» rief ihn der Kommissär. «Kommen Sie her.»

Der Arbeiter montierte weiter. Manchmal fiel ihm eine Zange auf den Boden, oder ein Schraubenzieher, Gegenstände, nach denen er sich umständlich bückte.

«Sie!» rief Bärlach ungeduldig, da sich der Arbeiter nicht um ihn kümmerte: «Ich bin der Polizeikommissär Bärlach. Verstehen Sie: ich bin in Todesgefahr. Verlassen Sie dieses Haus, wenn Sie Ihre Arbeit beendigt haben, und gehen Sie zu Inspektor Stutz, den kennt doch hier jedes Kind. Oder gehen Sie zu irgendeinem Polizeiposten und lassen Sie sich mit Stutz verbinden. Verstehen Sie? Ich brauche diesen Mann. Er soll zu mir kommen.»

Der Arbeiter kümmerte sich immer noch nicht um den Alten, der mühsam in seinem Bett die Worte formulierte – das Sprechen fiel ihm schwer, immer schwerer. Die ‹Anatomie› war abgeschraubt, und nun untersuchte der Arbeiter den Dürer, sah sich das Bild genau an, bald aus der Nähe, bald hielt er es mit beiden Händen von sich weg, ein hohles Kreuz machend. Durch das Fenster fiel milchiges Licht. Einen Augenblick lang schien es dem Alten, er sehe hinter weißen Nebelstreifen einen glanzlosen Ball dahinschwimmen. Das Haar und der Schnurrbart des Arbeiters leuchteten auf. Es hatte draußen zu regnen aufgehört. Der Arbeiter schüttelte mehrmals den Kopf, das Bild schien ihm unheimlich vorzukommen. Er wandte sich kurz zu Bärlach und sagte in einer sonderbaren, überdeutlich formulierten Sprache ganz langsam, mit dem Kopf hin und her wackelnd:

«Den Teufel gibt es nicht.»

«Doch», schrie Bärlach heiser: «Den Teufel gibt es, Mann! Hier in diesem Spital gibt es ihn. He, hören Sie doch! Man wird Ihnen ja wohl gesagt haben, ich sei verrückt und schwätze unsinniges Zeug, aber ich bin in Todesgefahr, verstehen Sie doch, in Todesgefahr: Dies ist die Wahrheit, Mann, die Wahrheit, nichts als die Wahrheit!»

Der Arbeiter hatte nun das Bild angeschraubt und kehrte

sich zu Bärlach um, grinsend auf den Ritter zeigend, der so unbeweglich auf seinem Pferd saß, und stieß einige unartikulierte, gurgelnde Laute aus, die Bärlach nicht sofort verstand, die sich endlich aber doch zu einem Sinn formten:

«Ritter futsch», kam es langsam und deutlich aus dem verkrampften, schrägen Maul des Mannes mit dem blauen Kittel: «Ritter futsch, Ritter futsch!»

Erst als der Arbeiter das Zimmer verließ und die Türe ungeschickt hinter sich zuschmetterte, begriff der Alte, daß er mit einem Taubstummen geredet hatte.

Er griff zur Zeitung. Es war das ‹Bernische Bundesblatt›, das er entfaltete.

Das Gesicht Fortschigs war das erste, was er sah, und unter der Fotografie stand: Ulrich Friedrich Fortschig, und daneben: ein Kreuz.

Fortschig †

‹Das unselige Leben des vielleicht doch mehr berüchtigten als bekannten Berner Schriftstellers Fortschig hat in der Nacht vom Dienstag auf den Mittwoch sein nicht ganz geklärtes Ende gefunden› – las Bärlach, dem es war, als drückte ihm jemand die Kehle zu. – ‹Dieser Mann›, fuhr der salbungsvolle Berichterstatter des Bernischen Bundesblattes fort, ‹dem die Natur doch so schöne Talente verlieh, hatte es nicht verstanden, die ihm anvertrauten Pfunde zu verwalten. Er begann (hieß es weiter) mit expressionistischen Dramen, die bei Asphaltliteraten Aufsehen erregten, doch vermochte er die dichterischen Kräfte immer weniger zu formen (aber es waren wenigstens dichterische Kräfte, dachte der Alte bitter), bis er auf die unglückliche Idee verfiel, mit dem ‹Apfelschuß› eine eigene Zeitung herauszugeben, die denn auch in einer Auflage von etwa fünfzig schreibmaschinengeschriebenen Exemplaren unregelmäßig genug erschien. Wer je den Inhalt dieses Skandalblattes gelesen hat, weiß genug: es bestand aus Angriffen, die sich nicht nur gegen alles, was uns hoch und heilig ist, sondern auch gegen allgemein bekannte und geschätzte Persönlichkeiten richteten. Er kam immer mehr herunter, und man sah ihn öfters betrunken, mit seinem stadtbekannten gelben Halstuch – man nannte ihn in der unteren Stadt die Zitrone –, von einem Wirtshaus ins andere wanken, von einigen Studenten begleitet, die ihn als Genie hochleben ließen. Über das Ende des Dichters ist folgendes ermittelt worden: Fortschig war seit Neujahr ständig mehr oder weniger betrunken. Er hatte – von irgendeinem gutmütigen Privatmann finanziert – wieder einmal seinen ‹Apfelschuß› herausgegeben, ein besonders trauriges Exemplar freilich, da er darin einen von der Ärzteschaft als absurd bezeichneten Angriff gegen einen unbekannten, wahrscheinlich erfundenen Arzt richtete, in der herostratischen Absicht, unter allen Umständen einen Skandal zu erregen. Wie erfunden der ganze Angriff war, geht schon daraus hervor, daß der Schriftsteller, der im Artikel pathetisch den nichtgenannten Arzt aufforderte, sich der Stadtpolizei Zürich zu stellen, gleichzeitig überall herumschwatzte, er wolle für zehn Tage nach Paris verreisen, doch kam er nicht dazu. Schon um einen Tag hatte er die Abreise verschoben und gab nun in der Nacht auf den Mittwoch in seiner armseligen Wohnung in der Keßlergasse ein Abschiedsessen, dem der Musiker Bötzinger und die Studenten Friedling und Stürler beiwohnten. Gegen vier Uhr morgens begab sich Fortschig – er war schwer betrunken – in die Toilette, die sich auf der anderen Seite des Korridors gegenüber seinem Zimmer befindet. Da er die Türe zu seinem Arbeitsraum offenließ, man wollte die Schwaden beißenden Tabakrauchs etwas verziehen lassen, war die Türe der Toilette allen drei sichtbar, die an Fortschigs Tisch weiterzechten, ohne daß ihnen etwas besonders auffiel. Beunruhigt, als er nach einer halben Stunde noch nicht zurückgekommen war und als er auf ihr Rufen und Klopfen nicht antwortete, rüttelten sie an der verschlossenen Toilettentüre, ohne sie öffnen zu können. Der Polizist Gerber und der Securitaswächter Brenneisen, die Bötzinger von der Straße heraufholte, erbrachen die Türe mit Gewalt: Man fand den Unglücklichen tot auf dem Boden zusammengekrümmt. Über den Hergang des Unglücks ist man sich nicht im klaren. Doch kommt ein Verbrechen nicht in Frage, wie in der heutigen Presseorientierung der Untersuchungsrichter Lutz feststellte. Weist die Untersuchung zwar darauf hin, daß irgendein harter Gegenstand von oben Fortschig traf, so wird dies durch den Ort unmöglich gemacht. Der Lichtschacht, gegen den sich das kleine Toilettenfenster öffnet (die Toilette befindet sich im vierten Stock), ist schmal, und es ist unmöglich, daß ein Mensch dort hinauf- oder hinunterklettern könnte: entsprechende Experimente der Polizei beweisen dies eindeutig. Auch mußte die Türe von innen verriegelt worden sein, denn die bekannten Kunstgriffe, mit denen dies vorgetäuscht werden könnte, fallen nicht in Betracht. Die Türe ist ohne Schlüsselloch und mit einem schweren Riegel schließbar. Es bleibt keine Erklärung, als einen unglücklichen Sturz des Schriftstellers anzunehmen, um so mehr, da er ja, wie Professor Dettling ausführte, sinnlos betrunken war . . .›

Kaum hatte dies der Alte gelesen, ließ er die Zeitung fallen. Seine Hände verkrallten sich in der Bettdecke.

«Der Zwerg, der Zwerg!» schrie er ins Zimmer hinein, da er mit einem Schlag begriffen hatte, wie Fortschig umgekommen war.

«Ja, der Zwerg», antwortete eine ruhige, überlegene Stimme von der Türe her, die sich unmerklich geöffnet hatte.

«Sie werden mir zugeben, Herr Kommissär, daß ich mir einen Henker zugelegt habe, den man kaum so leicht finden dürfte.»

In der Türe stand Emmenberger.

Die Uhr

Der Arzt schloß die Türe.

Er war nicht im Berufsmantel, wie ihn der Kommissär zuerst gesehen hatte, sondern in einem dunklen, gestreiften Kleid mit weißer Krawatte auf einem silbergrauen Hemd, eine sorgfältig hergerichtete Erscheinung, fast geckenhaft, um so mehr, da er dicke gelbe Lederhandschuhe trug, als fürchte er, sich zu beschmutzen.

«Da wären wir Berner also einmal unter uns», sagte Emmenberger und machte vor dem hilflosen, skelettartigen Kranken eine leichte, mehr höfliche als ironische Verbeugung. Dann ergriff er einen Stuhl, den er hinter dem zurückgeschlagenen Vorhang hervorholte und den Bärlach aus diesem Grunde nicht hatte sehen können. Der Arzt setzte sich an des Alten Bett, indem er die Stuhllehne gegen den Kommissär kehrte, so daß er sie an seine Brust pressen und die verschränkten Arme darauflegen konnte.

Der Alte hatte sich wieder gefaßt. Sorgfältig griff er nach der Zeitung, die er zusammenfaltete und auf den Nachttisch legte, dann verschränkte er nach alter Gewohnheit seine Arme hinter dem Kopf.

«Sie haben den armen Fortschig töten lassen», sagte Bärlach.

«Wenn einer mit so pathetischer Feder ein Todesurteil niederschreibt, gehört ihm wohl ein Denkzettel, will mir scheinen», antwortete der andere mit ebenso sachlicher Stimme. «Sogar die Schriftstellerei wird heute wieder etwas Gefährliches, und das tut ihr nur gut.»

«Was wollen Sie von mir?» fragte der Kommissär.

Emmenberger lachte. «Es ist wohl vor allem an mir zu fragen: Was wollen Sie von mir.»

«Das wissen Sie genau», entgegnete der Kommissär.

«Gewiß», antwortete der Arzt. «Das weiß ich genau. Und so werden Sie auch genau wissen, was ich von Ihnen will.»

Emmenberger stand auf und schritt zur Wand, die er einen Augenblick lang betrachtete, dem Kommissär den Rücken zukehrend. Irgendwo mußte er nun einen Knopf oder einen Hebel niedergedrückt haben; denn die Wand mit den tanzenden Männern und Frauen glitt lautlos auseinander wie eine Flügeltüre. Hinter ihr wurde ein weiter Raum mit Glasschränken sichtbar, die chirurgische Instrumente enthielten, blitzende Messer und Scheren in Metallbehältern, Wattebüschel, Spritzen in milchigen Flüssigkeiten, Flaschen und eine dünne rote Ledermaske, alles säuberlich und ordentlich nebeneinander. In der Mitte des nun erweiterten Raumes stand ein Operationstisch. Gleichzeitig aber senkte sich von oben langsam und bedrohlich ein schwerer Metallschirm über das Fenster. Das Zimmer flammte auf, denn in die Decke waren, zwischen den Fugen der Spiegel, Neonröhren gelegt, wie der Alte erst jetzt bemerkte, und über den Schränken hing im blauen Licht eine große, runde, grünlich leuchtende Scheibe, eine Uhr.

«Sie haben die Absicht, mich ohne Narkose zu operieren», flüsterte der Alte.

Emmenberger antwortete nicht.

«Da ich ein schwacher, alter Mensch bin, werde ich schreien, fürchte ich», fuhr der Kommissär fort. «Ich denke nicht, daß Sie in mir ein tapferes Opfer finden werden.»

Auch darauf gab der Arzt keine Antwort. «Sehen Sie die Uhr?» fragte er vielmehr.

«Ich sehe sie», sagte Bärlach.

«Sie steht auf halb elf», sagte der andere und verglich sie mit seiner Armbanduhr. «Um sieben werde ich Sie operieren.»

«In achteinhalb Stunden.»

«In achteinhalb Stunden», bestätigte der Arzt.

«Aber jetzt müssen wir noch etwas miteinander besprechen, denke ich, mein Herr. Wir kommen nicht darum herum, dann will ich Sie nicht mehr stören. Die letzten Stunden sei man gerne mit sich allein, heißt es. Gut. Doch geben Sie mir ungebührlich viel Arbeit.»

Er setzte sich wieder auf den Stuhl, die Lehne gegen die Brust gepreßt.

«Ich denke, Sie sind das gewohnt», entgegnete der Alte.

Emmenberger stutzte einen Augenblick. «Es freut mich», sagte er endlich, indem er den Kopf schüttelte, «daß Sie den Humor nicht verloren haben. Da wäre Fortschig gewesen. – Er ist zum Tode verurteilt worden und hingerichtet. Mein Zwerg hat gute Arbeit geleistet. Den Lichtschacht im Hause an der Keßlergasse hinunterzuklettern, nach einer mühsamen Dachpromenade über die nassen Ziegel, von Katzen umschnurrt, und durch das kleine Fenster auf den andächtig sitzenden Dichterfürsten einen doch wirklich kraftvollen und tödlichen Hieb mit meinem Autoheber zu führen, war für den Däumling nicht eben leicht. Ich war ordentlich gespannt, als ich in meinem Wagen neben dem Judenfriedhof auf den kleinen Affen wartete, ob er es schaffen würde. Aber so ein Teufel, der keine achtzig Zentimeter mißt, schafft lautlos und vor allem unsichtbar. Nach zwei Stunden schon kam er im Schatten der Bäume angehüpft. Sie, Herr Kommissär, werde ich selbst zu übernehmen haben. Das wird nicht schwer sein, wir können uns die für Sie doch wohl peinlichen Worte ersparen. Aber was, um Gottes willen, machen wir nun mit unserem gemeinsamen Bekannten, mit unserem lieben alten Freund, dem Doktor Samuel Hungertobel am Bärenplatz?»

«Wie kommen Sie auf den?» fragte der Alte lauernd.

«Er hat Sie ja hergebracht.»

«Mit dem habe ich nichts zu schaffen», sagte der Kommissär schnell.

«Er telefonierte jeden Tag gleich zweimal, wie es seinem alten Freund Kramer denn auch gehe, und verlangte Sie zu sprechen», stellte Emmenberger fest und runzelte bekümmert die Stirne.

Bärlach sah unwillkürlich nach der Uhr über den Glasschränken.

«Gewiß, es ist Viertel vor elf», sagte der Arzt und betrachtete den Alten nachdenklich, aber nicht feindschaftlich. «Kommen wir auf Hungertobel zurück.»

«Er war aufmerksam zu mir, bemühte sich um meine Krankheit, hat aber nichts mit uns beiden zu schaffen», entgegnete der Kommissär hartnäckig.

«Sie haben den Bericht unter Ihrem Bild im ‹Bund› gelesen?»

Bärlach schwieg einen Augenblick und dachte nach, was denn Emmenberger mit dieser Frage wolle.

«Ich lese keine Zeitungen.»

«Es hieß darin, mit Ihnen sei eine stadtbekannte Persönlichkeit zurückgetreten», sagte Emmenberger, «und trotzdem hat Sie Hungertobel unter dem Namen Blaise Kramer bei uns eingeliefert.»

Der Kommissär gab sich keine Blöße. Er habe sich bei ihm unter diesem Namen angemeldet, sagte er.

«Auch wenn er mich einmal gesehen hätte, konnte er mich kaum wiedererkennen, da ich durch die Krankheit verändert worden bin.»

Der Arzt lachte. «Sie behaupten, Sie seien krank geworden, um mich hier auf dem Sonnenstein aufzusuchen?»

Bärlach gab keine Antwort.

Emmenberger sah den Alten traurig an. «Mein lieber Kommissär», fuhr er fort, mit einem leisen Vorwurf in der Stimme. «Sie kommen mir in unserem Verhör auch gar nicht entgegen.»

«Ich habe Sie zu verhören, nicht Sie mich», entgegnete der Kommissär trotzig.

«Sie atmen schwer», stellte Emmenberger bekümmert fest.

Bärlach antwortete nicht mehr. Nur das Ticken der Uhr war zu vernehmen, das erste Mal, daß es der Alte hörte. Nun würde ich es immer wieder hören, dachte er.

«Wäre es nicht an der Zeit, einmal Ihre Niederlage zuzugeben?» fragte der Arzt freundlich.

«Es bleibt mir wohl nichts anderes übrig», antwortete Bär-

Mancher, der ein Buch liest, murrt

. . . wenn er Werbung findet, wo er Literatur suchte. Reklame in Büchern!!!? Warum nicht auch zwischen den Akten in Bayreuth oder neben den Gemälden in der Pinakothek?

«Rowohlts Idee mit der Zigarettenreklame im Buch (finde ich) gar nicht anfechtbar, vielmehr sehr modern. Hauptsache, es hat Erfolg und nützt dem Buch, was die deutsche Innerlichkeit dazu sagt, ist allmählich völlig gleichgültig, die will ihren Schlafrock und ihre Ruh und will ihre Kinder dußlig halten und verkriecht sich hinter Salbadern und Gepflegtheit und möchte das Geistige in den Formen eines Bridgeclubs halten – dagegen muß man angehen . . .»

Das schrieb Ende 1950 – Gottfried Benn.

An Stelle der «Zigarettenreklame» findet man nun in diesen Taschenbüchern Werbung für Pfandbriefe und Kommunalobligationen. «Hauptsache, es hat Erfolg und nützt dem Buch.» Und es nützt auch dem Leser. (Für die Jahreszinsen eines einzigen 100-Mark-Pfandbriefs kann man sich beispielsweise drei Taschenbücher kaufen.)

lach todmüde, indem er die Hände hinter dem Kopf hervorholte und sie auf die Decke legte. «Die Uhr, wenn nur die Uhr
nicht wäre.»

«Die Uhr, wenn nur die Uhr nicht wäre», wiederholte der
Arzt des Alten Worte. «Was treiben wir uns im Kreise herum?
Um sieben werde ich Sie töten. Das wird Ihnen die Sache soweit erleichtern, daß Sie den Fall Emmenberger-Bärlach unvoreingenommen mit mir betrachten können. Wir sind beide
Wissenschaftler mit entgegengesetzten Zielen, Schachspieler,
die an einem Brett sitzen. Ihr Zug ist getan, nun kommt der
meine. Aber eine Besonderheit hat unser Spiel: Entweder
wird einer verlieren oder beide. Sie haben Ihr Spiel schon verloren, nun bin ich neugierig, ob ich das meine auch verlieren
muß.»

«Sie werden das Ihre verlieren», sagte Bärlach leise.

Emmenberger lachte. «Das ist möglich. Ich wäre ein schlech-
ter Schachspieler, wenn ich nicht mit dieser Möglichkeit rechnete. Aber sehen wir doch genauer hin. Sie haben keine
Chance mehr, um sieben werde ich mit meinen Messern kommen, und kommt es nicht dazu (wenn es der Zufall will), sterben Sie in einem Jahr an Ihrer Krankheit; doch meine Chance,
wie steht es damit? Schlimm genug, ich gebe es zu: Sie sind ja
schon auf meiner Spur!»

Der Arzt lachte aufs neue.

Dies scheine ihm Spaß zu machen, stellte der Alte erstaunt
fest. Der Arzt kam ihm immer seltsamer vor.

«Ich gebe zu, daß es mich amüsiert, mich wie eine Fliege in
Ihrem Netz zappeln zu sehen, um so mehr, als Sie gleichzeitig
in meinem Netz hängen. Doch sehen wir weiter: Wer hat Sie
auf meine Spur gebracht?»

Er sei von selbst darauf gekommen, behauptete der Alte.

Emmenberger schüttelte den Kopf. «Gehen wir doch zu
glaubwürdigeren Dingen über», sagte er. «Auf meine Verbrechen – um diesen populären Ausdruck zu brauchen – kommt
man nicht von selbst, wie wenn dergleichen einfach aus dem

heiteren Himmel heraus möglich wäre. Und sicher dann vor allem nicht, wenn man noch gar ein Kommissär der Stadtpolizei Bern ist, als ob ich einen Fahrraddiebstahl oder eine Abtreibung begangen hätte. Sehen wir uns doch einmal meinen Fall an – Sie, der Sie ja nun keine Chance mehr haben, dürfen die Wahrheit vernehmen, das Vorrecht der Verlorenen. Ich war vorsichtig, gründlich und pedantisch – in dieser Hinsicht habe ich saubere Facharbeit geleistet –, aber trotz aller Vorsicht gibt es natürlich Indizien gegen mich. Ein indizienloses Verbrechen ist in dieser Welt des Zufalls unmöglich. Zählen wir auf: Wo konnte der Kommissär Hans Bärlach einsetzen? Da ist einmal die Fotografie im ‹Life›. Wer die Tollkühnheit hatte, sie in jenen Tagen zustande zu bringen, weiß ich nicht; es genügt mir, daß sie vorhanden ist. Schlimm genug. Doch wollen wir die Sache nicht übertreiben. Millionen haben einmal diese berühmte Fotografie gesehen, darunter sicher viele, die mich kennen: und doch hat mich bis jetzt keiner erkannt, das Bild zeigt zu wenig von meinem Gesicht. Wer konnte mich nun erkennen? Entweder einer, der mich in Stutthof gesehen hat und mich hier kennt – eine geringe Möglichkeit, da ich die Subjekte, die ich mir aus Stutthof mitnahm, in der Hand habe; doch, wie jeder Zufall, nicht ganz von der Hand zu weisen – oder einer, der mich von meinem Leben in der Schweiz vor zweiunddreißig her in ähnlicher Erinnerung hatte. Es gibt in dieser Zeit einen Vorfall, den ich als junger Student in einer Berghütte erlebt habe – o ich erinnere mich sehr genau –, es geschah vor einem roten Abendhimmel: Hungertobel war einer der fünf, die damals zugegen waren. Es ist daher anzunehmen, daß Hungertobel mich erkannte.»

«Unsinn», sagte der Alte bestimmt; das sei eine unberechtigte Idee, eine leere Spekulation, sonst nichts. Er ahnte, daß der Freund bedroht war, ja, in großer Gefahr schwebte, wenn es ihm nicht gelang, jeden Verdacht von Hungertobel abzulenken, obgleich er sich nicht recht vorstellen konnte, worin denn diese Gefahr bestehe.

«Fällen wir das Todesurteil über den armen alten Doktor nicht zu schnell. Gehen wir vorher zu andern möglichen Indizien über, die gegen mich vorliegen, versuchen wir ihn reinzuwaschen», fuhr Emmenberger fort, sein Kinn auf die verschränkten, auf der Lehne liegenden Arme gestützt. «Die Angelegenheit mit Nehle. Auch die haben Sie herausgefunden, Herr Kommissär, ich gratuliere, das ist erstaunlich, die Marlok hat es mir berichtet. Geben wir es denn zu: ich habe Nehle selbst die Narbe in die rechte Augenbraue hineinoperiert und die Brandwunde in den linken Unterarm, die auch ich besitze, um uns identisch zu machen, einen aus zwei. Ich habe ihn unter meinem Namen nach Chile geschickt und ihn – als der treuherzige Naturbursche, der nie Lateinisch und Griechisch lernen konnte, diese erstaunliche Begabung auf dem unermeßlichen Gebiet der Medizin, unserer Verabredung gemäß heimkehrte – in einem windschiefen zerbröckelten Hotelzimmer im Hamburger Hafen gezwungen, eine Blausäurekapsel einzunehmen. C'est ça, würde meine schöne Geliebte sagen. Nehle war ein Ehrenmann. Er schickte sich in sein Schicksal – einige energische Handgriffe meinerseits will ich verschweigen – und täuschte den schönsten Selbstmord vor, den man sich denken kann. Sprechen wir nicht mehr über diese Szene mitten unter Dirnen und Matrosen, die sich im neblichten Morgengrauen einer halbverkohlten und vermoderten Stadt abspielte, in die das dumpfe Tuten verlorener Schiffe melancholisch genug hineintönte. Diese Geschichte war ein gewagtes Spiel, das mir immer noch bitterböse Streiche spielen kann; denn was weiß ich schon, was alles der begabte Dilettant in Santiago trieb, welche Freundschaften er da unterhielt und wer plötzlich hier in Zürich erscheinen könnte, Nehle zu besuchen. Doch halten wir uns an die Tatsachen. Was spricht gegen mich, falls jemand auf diese Spur kommt? Da ist vor allem Nehles ehrgeiziger Einfall, in die ‹Lancet› und in die ‹Schweizerische medizinische Wochenschrift› Artikel zu schreiben; er könnte sich als ein fatales Indizium erweisen, falls es sich jemand einfallen ließe, stilistische Vergleichungen mit meinen einstigen Artikeln zu unternehmen. Nehle schrieb gar zu hemmungslos berlinerisch. Dazu aber muß man die Artikel lesen, was wieder auf einen Arzt schließen läßt. Sie sehen, es steht schlecht um unseren Freund. Zwar ist er arglos, geben wir das zu seinen Gunsten zu. Doch wenn sich zu ihm noch ein Kriminalist gesellt, was ich anzunehmen gezwungen bin, kann ich für den Alten nicht mehr die Hand ins Feuer legen.»

«Ich bin im Auftrag der Polizei hier», antwortete der Kommissär ruhig. «Die deutsche Polizei faßte gegen Sie Verdacht und hat die Polizei der Stadt Bern beauftragt, Ihren Fall zu untersuchen. Sie werden mich heute nicht operieren, denn mein Tod würde Sie überweisen. Auch Hungertobel werden Sie in Ruhe lassen.»

«Elf Uhr zwei», sagte der Arzt.

«Ich sehe», antwortete Bärlach.

«Die Polizei, die Polizei», fuhr Emmenberger fort und sah den Kranken nachdenklich an. «Es ist natürlich damit zu rechnen, daß sogar die Polizei hinter mein Leben kommen kann, doch scheint mir dies hier unwahrscheinlich zu sein, weil es für Sie der günstigste Fall wäre. Die deutsche Polizei, welche die Stadtpolizei Bern beauftragt, einen Verbrecher in Zürich zu suchen! Nein, das scheint mir nicht ganz logisch. Ich würde es vielleicht glauben, wenn Sie nicht krank wären, wenn es mit Ihnen nicht gerade auf Leben und Tod ginge: Ihre Operation und Ihre Krankheit ist ja nicht gespielt, das kann ich als Arzt entscheiden. Ebensowenig Ihre Entlassung, von der die Zeitungen berichten. Was sind Sie denn für ein Mensch? Vor allem ein zäher und hartnäckiger alter Mann, der sich ungern geschlagen gibt und wohl auch nicht gern abdankt. Die Möglichkeit ist vorhanden, daß Sie privat, ohne jede Unterstützung, ohne Polizei, gegen mich ins Feld gezogen sind, gewissermaßen samt Ihrem Krankenbett, auf einen vagen Verdacht hin, den Sie in einem Gespräch mit Hungertobel gefaßt haben, ohne einen wirklichen Beweis. Vielleicht waren Sie noch zu stolz, irgend jemand außer Hungertobel einzuweihen, und auch der scheint seiner Sache höchst unsicher zu sein. Es ging Ihnen nur darum, auch als kranker Mann zu beweisen, daß Sie mehr als die verstehen, welche Sie entlassen haben. Dies alles halte ich für wahrscheinlicher als die Möglichkeit, daß sich die Polizei zu dem Schritt entschließt, einen schwerkranken Mann in ein so heikles Unternehmen zu stürzen, um so mehr, als ja die Polizei bis zur Stunde im Falle des toten Fortschig nicht auf die richtige Spur kam, was doch hätte geschehen müssen, wenn sie gegen mich Verdacht gefaßt hätte. Sie sind allein und Sie gehen allein gegen mich vor, Herr Kommissär. Auch den heruntergekommenen Schriftsteller halte ich für ahnungslos.»

«Warum haben Sie ihn getötet?» schrie der Alte.

«Aus Vorsicht», antwortete der Arzt gleichgültig. «Zehn nach elf. Die Zeit eilt, mein Herr, die Zeit eilt. Auch Hungertobel werde ich aus Vorsicht töten müssen.»

«Sie wollen ihn töten?» rief der Kommissär und versuchte sich aufzurichten.

«Bleiben Sie liegen!» befahl Emmenberger so bestimmt, daß der Kranke gehorchte. «Es ist heute Donnerstag», sagte er. «Da nehmen wir Ärzte einen freien Nachmittag, nicht wahr. Da dachte ich, Hungertobel, Ihnen und mir eine Freude zu machen, und bat ihn, uns zu besuchen. Er wird im Wagen von Bern kommen.»

«Was wird geschehen?»

«Hinten in seinem Wagen wird mein kleiner Däumling sitzen», entgegnete Emmenberger.

«Der Zwerg», schrie der Kommissär.

«Der Zwerg», bestätigte der Arzt. «Immer wieder der Zwerg. Ein nützliches Werkzeug, das ich mir aus Stutthof heimbrachte. Es geriet mir schon damals zwischen die Beine, dieses lächerliche Ding, wenn ich operierte, und nach dem Reichsgesetz des Herrn Heinrich Himmler hätte ich den Knirps als lebensunwert töten müssen, als ob je ein arischer Riese lebenswerter gewesen wäre! Wozu auch? Ich habe Kuriositäten immer geliebt, und ein entwürdigter Mensch gibt noch immer das zuverlässigste Instrument. Weil der kleine Affe spürte, daß er mir das Leben verdankte, ließ er sich aufs nützlichste dressieren.»

Die Uhr zeigte elf Uhr vierzehn.

Der Kommissär war so müde, daß er auf Momente die Augen schloß; und immer wieder, wenn er sie öffnete, sah er die Uhr, immer wieder die große, runde, schwebende Uhr. Er begriff nun, daß es keine Rettung mehr für ihn gab. Emmenberger hatte ihn durchschaut. Er war verloren, und auch Hungertobel war verloren.

«Sie sind ein Nihilist», sagte er leise, fast flüsternd in den schweigenden Raum hinein, in welchem nur die Uhr tickte. Immerzu.

«Sie wollen damit sagen, daß ich nichts glaube?» fragte Emmenberger, und seine Stimme verriet nicht die leiseste Bitterkeit.

«Ich kann mir nicht denken, daß meine Worte irgendeinen andern Sinn haben können», antwortete der Alte in seinem Bett, die Hände hilflos auf der Decke.

«Woran glauben Sie denn, Herr Kommissär?» fragte der Arzt, ohne seine Stellung zu verändern, und sah den Alten neugierig und gespannt an.

Bärlach schwieg.

Im Hintergrund tickte die Uhr, ohne Pause, die Uhr, immer gleich, mit unerbittlichen Zeigern, die sich ihrem Ziel unmerklich und doch sichtbar entgegenschoben.

«Sie schweigen», stellte Emmenberger fest, und seine Stimme hatte nun das Elegante und Spielerische verloren und klang klar und hell: «Sie schweigen. Ein Mensch der heutigen Zeit antwortet nicht gerne auf die Frage: Was glauben Sie? Es ist unschicklich geworden, so zu fragen. Man liebt es nicht, große Worte zu machen, wie man bescheiden sagt, und am wenigsten gar eine bestimmte Antwort zu geben, etwa zu sagen: ‹Ich glaube an Gott Vater, Gott Sohn und Gott den Heiligen Geist›, wie einst die Christen anworteten, stolz daß sie antworten konnten. Man liebt es heute zu schweigen, wenn man gefragt wird, wie ein Mädchen, dem man eine peinliche Frage stellt. Man weiß ja auch nicht recht, woran man denn eigentlich glaubt, es ist nicht etwa nichts, weiß Gott nicht, man glaubt doch — wenn auch recht dämmerhaft, als wäre ein ungewisser Nebel in einem — an so etwas wie Menschlichkeit, Christentum, Toleranz, Gerechtigkeit, Sozialismus und Nächstenliebe, Dinge, die etwas hohl klingen, was man ja auch zugibt, doch denkt man sich immer noch: Es kommt ja auch nicht auf die Worte an; am wichtigsten ist es doch, daß man anständig und nach bestem Gewissen lebt. Das versucht man denn auch, teils indem man sich bemüht, teils indem man sich treiben läßt. Alles, was man unternimmt, die Taten und die Untaten, geschieht auf gut Glück hin, das Böse und das Gute fällt einem wie bei einer Lotterie als Zufallslos in den Schoß; aus Zufall wird man recht und aus Zufall schlecht. Aber mit dem großen Wort Nihilist ist man gleich zur Hand, das wirft man jedem anderen, bei dem man etwas Bedrohliches wittert, mit großer Pose und mit noch größerer Überzeugung an den Kopf. Ich kenne sie, diese Leute, sie sind überzeugt, daß es ihr Recht ist, zu behaupten, eins plus eins sei drei, vier oder neunundneunzig, und daß es unrecht wäre, von ihnen die Antwort zu verlangen, eins plus eins sei zwei. Ihnen kommt alles Klare stur vor, weil es vor allem zur Klarheit Charakter braucht. Sie sind ahnungslos, daß ein entschlossener Kommunist — um ein etwas ausgefallenes Beispiel zu gebrauchen; denn die meisten Kommunisten sind Kommunisten wie die meisten Christen Christen sind, aus einem Mißverständnis —, sie sind ahnungslos, daß so ein Mensch, der mit ganzer Seele an die Notwendigkeit der Revolution glaubt, und daran, daß nur dieser Weg, auch wenn er über Millionen von Leichen geht, einmal zum Guten führt, zu einer besseren Welt — viel weniger ein Nihilist ist als sie, als irgendein Herr Müller oder Huber, der weder an einen Gott noch an keinen glaubt, weder an eine Hölle noch an einen Himmel, sondern nur an das Recht, Geschäfte zu machen – ein Glaube, den als Kredo zu postulieren sie aber zu feige sind. So leben sie denn dahin wie Würmer in irgendeinem Brei, der keine Entscheidung zuläßt, mit einer nebelhaften Vorstellung von etwas, das gut und recht und wahr ist, wie wenn es in einem Brei so etwas geben könnte.»

«Ich hatte keine Ahnung, daß ein Henker zu einem so großen Wortschwall fähig ist», sagte Bärlach. «Ich hielt Ihresgleichen für wortkarg.»

«Brav», lachte Emmenberger. «Der Mut scheint Ihnen wieder zu kommen. Brav! Ich brauche mutige Leute zu meinen Experimenten in meinem Laboratorium, und es ist nur schade, daß mein Anschauungsunterricht stets mit dem Tod des Schülers endet. Nun gut, sehen wir, was ich für einen Glauben habe, und legen wir ihn auf eine Waage, und sehen wir, wenn wir den Ihren auf die andere Schale legen, wer von uns beiden den größeren Glauben besitzt, der Nihilist – da Sie mich so bezeichnen – oder der Christ. Sie sind im Namen der Menschlichkeit, oder wer weiß was für Ideen, zu mir gekommen, um mich zu vernichten. Ich denke, daß Sie mir diese Neugierde nicht verweigern dürfen.»

«Ich verstehe», antwortete der Kommissär, der sich bemühte, die Furcht niederzuringen, die immer gewaltiger, immer bedrohlicher mit dem Fortschreiten der Zeiger in ihm aufstieg: «Jetzt wollen Sie Ihr Kredo herunterleiern. Es ist seltsam, daß auch Massenmörder ein solches haben.»

«Es ist fünf vor halb zwölf», entgegnete Emmenberger.

«Wie freundlich, mich daran zu erinnern», stöhnte der Alte, zitternd vor Zorn und Ohnmacht.

«Der Mensch, was ist der Mensch?» lachte der Arzt. «Ich schäme mich nicht, ein Kredo zu haben, ich schweige nicht, wie Sie geschwiegen haben. Wie die Christen an drei Dinge glauben, die nur ein Ding sind, an die Dreieinigkeit, so glaube ich an zwei Dinge, die doch ein und dasselbe sind, daß etwas ist und daß ich bin. Ich glaube an die Materie, die gleichzeitig Kraft und Masse ist, ein unvorstellbares All und eine Kugel, die man umschreiten kann, abtasten wie einen Kinderball, auf der wir leben und durch die abenteuerliche Leere des Raums fahren; ich glaube an eine Materie (wie schäbig und leer ist es daneben, zu sagen: ‹Ich glaube an einen Gott›), die greifbar als Tier, als Pflanze oder als Kohle und ungreifbar, kaum berechenbar, als Atom ist; die keinen Gott braucht, oder was man auch immer hinzuerfindet, deren einziges unbegreifliches Mysterium ihr Sein ist. Und ich glaube, daß ich bin, als ein Teil dieser Materie, Atom, Kraft, Masse, Molekül wie Sie, und daß mir meine Existenz das Recht gibt, zu tun, was ich will. Ich bin als Teil nur ein Augenblick, nur Zufall, wie das Leben in dieser ungeheuren Welt nur eine ihrer unermeßlichen Möglichkeiten ist, ebenso Zufall wie ich – die Erde etwas näher bei der Sonne, und es wäre kein Leben –, und mein Sinn besteht darin, nur Augenblick zu sein. O die gewaltige Nacht, da ich dies begriff! Nichts ist heilig als die Materie: der Mensch, das Tier, die Pflanze, der Mond, die Milchstraße, was auch immer ich sehe, sind zufällige Gruppierungen, Unwesentlichkeiten, wie der Schaum oder die Welle des Wassers etwas Unwesentliches sind: es ist gleichgültig, ob die Dinge sind oder nicht sind; sie sind austauschbar. Wenn sie nicht sind, gibt es etwas anderes, wenn auf diesem Planeten das Leben erlischt, kommt es, irgendwo im Weltall, auf einem anderen Planeten hervor: wie das große Los immer einmal kommt, zufällig, durch das Gesetz der großen Zahl. Es ist lächerlich, dem Menschen Dauer zu geben, denn es wird immer nur die Illusion einer Dauer sein, Systeme an Macht zu erfinden, um einige Jahre an der Spitze irgendeines Staates oder irgendeiner Kirche zu vegetieren. Es ist unsinnig in einer Welt, die ihrer Struktur nach eine Lotterie ist, nach dem Wohl der Menschen zu trachten, als ob es einen Sinn hätte, wenn jedes Los einen Rappen gewinnt und nicht die meisten nichts, wie wenn es eine andere Sehnsucht gäbe als nur die, einmal dieser einzelne, einzige, dieser Ungerechte zu sein, der das Los gewann. Es ist Unsinn, an die Materie zu glauben und zugleich an einen Humanismus, man kann nur an die Materie glauben und an das Ich. Es gibt keine Gerechtigkeit – wie könnte die Materie gerecht sein –, es gibt nur die Freiheit, die nicht verdient werden kann – da müßte es eine Gerechtigkeit geben –, die nicht gegeben werden kann – wer könnte sie geben –, sondern die man sich nehmen muß. Die Freiheit ist der Mut zum Verbrechen, weil sie selbst ein Verbrechen ist.»

«Ich verstehe», rief der Kommissär, zusammengekrümmt, ein verendendes Tier, auf seinem weißen Laken liegend wie am Rande einer endlosen, gleichgültigen Straße. «Sie glauben an nichts als an das Recht, den Menschen zu foltern!»

«Bravo», antwortete der Arzt und klatschte in die Hände. «Bravo! Das nenne ich einen guten Schüler, der es wagt, jenen Schluß zu ziehen, nach dem ich lebe. Bravo, bravo.» (Immer wieder klatschte er in die Hände.) «Ich wagte es, ich selbst zu sein und nichts außerdem, ich gab mich dem hin, was mich frei machte, dem Mord und der Folter; denn wenn ich einen anderen Menschen töte – und ich werde es um sieben wieder tun –, wenn ich mich außerhalb jeder Menschenordnung stelle, die unsere Schwäche errichtete, werde ich frei, werde ich nichts als ein Augenblick, aber was für ein Augenblick! An Intensität gleich ungeheuer wie die Materie, gleich mächtig wie sie, gleich unberechtigt wie sie, und in den Schreien und in der Qual, die mir aus den geöffneten Mündern und aus den gläsernen Augen entgegenschlägt, über die ich mich bücke, in diesem zitternden, ohnmächtigen, weißen Fleisch unter meinem Messer spiegelt sich *mein* Triumph und *meine* Freiheit und nichts außerdem.»

Der Arzt schwieg. Langsam erhob er sich und setzte sich auf den Operationstisch.

Über ihm zeigte die Uhr drei Minuten vor zwölf, zwei Minuten vor zwölf, zwölf.

«Sieben Stunden», kam es flüsternd, fast unhörbar vom Bett des Kranken her.

«Zeigen Sie mir nun Ihren Glauben», sagte Emmenberger. Seine Stimme war wieder ruhig und sachlich und nicht mehr leidenschaftlich und hart wie zuletzt.

Bärlach antwortete nichts.

«Sie schweigen», sagte der Arzt traurig. «Immer wieder schweigen Sie.»

Der Kranke gab keine Antwort.

«Sie schweigen und Sie schweigen», stellte der Arzt fest und stützte beide Hände auf den Operationstisch. «Ich setze bedingungslos alles auf ein Los. Ich war mächtig, weil ich mich nie fürchtete, weil es mir gleichgültig war, ob ich entdeckt werde oder nicht. Ich bin auch jetzt bereit, alles auf ein Los zu werfen, wie auf eine Münze. Ich werde mich geschlagen geben, wenn Sie, Kommissär, beweisen, daß Sie einen gleich großen, gleich bedingungslosen Glauben wie ich besitzen.»

Der Alte schwieg.

«Sagen Sie doch etwas», fuhr Emmenberger nach einer Pause fort, während der er gespannt und gierig nach dem Kranken blickte. «Geben Sie doch eine Antwort. Sie sind ein Christ. Sie wurden getauft. Sagen Sie, ich glaube mit Gewißheit, mit einer Kraft, die den Glauben eines schändlichen Massenmörders an die Materie übertrifft wie die Sonne an Licht einen armseligen Wintermond, oder auch nur: mit einer Kraft, die gleich ist der seinen, an Christus, der Gottes Sohn ist.»

Im Hintergrund tickte die Uhr.

«Vielleicht ist dieser Glaube zu schwer», sagte Emmenberger, da Bärlach immer noch schwieg, und trat an des Alten Bett. «Vielleicht haben Sie einen leichteren, gewöhnlicheren Glauben. Sagen Sie: Ich glaube an die Gerechtigkeit und an die Menschheit, der diese Gerechtigkeit dienen soll. Ihr zuliebe und nur ihr zuliebe habe ich, alt und krank, das Abenteuer auf mich genommen, in den Sonnenstein zu gehen, ohne Nebengedanken an den Ruhm und an einen Triumph der eigenen Person über andere Personen. Sagen Sie doch dies, es ist ein leichter, anständiger Glaube, den man von einem heutigen

111

Menschen noch verlangen kann, sagen Sie dies, und Sie sind frei. Ihr Glaube wird mir genügen, und ich werde denken, daß Sie einen gleich großen Glauben wie ich besitzen, wenn Sie dies sagen.»

Der Alte schwieg.

«Sie glauben mir vielleicht nicht, daß ich Sie freilasse?» fragte Emmenberger.

Keine Antwort.

«Sagen Sie es auf gut Glück hin», forderte der Arzt den Kommissär auf. «Bekennen Sie Ihren Glauben, auch wenn Sie meinen Worten nicht trauen. Vielleicht können Sie nur gerettet werden, wenn Sie einen Glauben haben. Vielleicht ist dies jetzt Ihre letzte Chance, die Chance, nicht nur sich, sondern auch Hungertobel zu retten. Noch ist es Zeit, ihm anzuläuten. Sie haben mich und ich habe Sie gefunden. Einmal wird mein Spiel zu Ende sein, irgendwo wird einmal meine Rechnung nicht stimmen. Warum soll ich nicht verlieren? Ich kann Sie töten, ich kann Sie freilassen, was meinen Tod bedeutet. Ich habe einen Punkt erreicht, von dem aus ich mit mir wie mit einer fremden Person umzugehen vermag. Ich vernichte mich, ich bewahre mich.»

Er hielt inne und betrachtete den Kommissär gespannt. «Es ist gleichgültig», sagte er, «was ich tue, eine mächtigere Position ist nicht mehr zu erreichen: sich diesen Punkt des Archimedes zu erobern, ist das höchste, was der Mensch erringen kann, ist sein einziger Sinn im Unsinn dieser Welt, im Mysterium dieser toten Materie, die, wie ein unermeßliches Aas, aus sich heraus immer wieder Leben und Sterben erzeugt. Doch binde ich – das ist meine Boshaftigkeit – Ihre Befreiung an einen lumpigen Witz, an eine kinderleichte Bedingung, daß Sie mir einen gleich großen Glauben wie den meinen vorweisen können. Zeigen Sie her! Der Glaube an das Gute wird doch wenigstens im Menschen gleich stark sein wie der Glaube an das Schlechte! Zeigen Sie her! Nichts wird mich mehr belustigen, als meine eigene Höllenfahrt zu verfolgen.»

Nur die Uhr hörte man ticken.

«Dann sagen Sie es der Sache zuliebe», fuhr Emmenberger nach einigem Warten fort, «dem Glauben an Gottes Sohn zuliebe, dem Glauben an die Gerechtigkeit zuliebe.»

Die Uhr, nichts als die Uhr.

«Ihren Glauben», schrie der Arzt, «zeigen Sie mir Ihren Glauben!»

Der Alte lag da, die Hände in die Decke verkrallt.

«Ihren Glauben, Ihren Glauben!»

Die Stimme Emmenbergers war wie aus Erz, wie Posaunenstöße, die ein unendliches, graues Himmelsgewölbe durchbrechen.

Der Alte schwieg.

Da wurde Emmenbergers Antlitz, das gierig nach einer Antwort gewesen war, kalt und entspannt. Nur die Narbe über dem rechten Auge blieb gerötet. Es war, als ob ihn ein Ekel schüttelte, als er sich müde und gleichgültig vom Kranken abwandte und zur Türe hinausging, die sich leise schloß, so daß den Kommissär die leuchtende Bläue des Raums umfing, in der nur die runde Scheibe der Uhr weitertickte, als sei sie des Alten Herz.

Ein Kinderlied

So lag Bärlach da und wartete auf den Tod. Die Zeit verging, die Zeiger schoben sich herum, deckten sich, strebten auseinander und kamen wieder zusammen, trennten sich von neuem. Es wurde halb ein Uhr, ein Uhr, fünf nach eins, zwanzig vor zwei, zwei Uhr, zehn nach zwei, halb drei. Das Zimmer lag da, unbeweglich, ein toter Raum im schattenlosen, blauen Licht, die Schränke voll mit seltsamen Instrumenten hinter Glas, in dem sich Bärlachs Gesicht und Hände undeutlich spiegelten. Alles war da, der weiße Operationstisch, das Bild Dürers mit dem mächtigen, erstarrten Pferd, die metallene Fläche über dem Fenster, der leere Stuhl mit der Lehne gegen den

Alten gekehrt, nichts Lebendiges als das mechanische Ticktack der Uhr. Es wurde drei, es wurde vier. Kein Lärm, kein Stöhnen, kein Reden, kein Schrei, keine Schritte drangen zu dem alten Mann, der da lag auf einem metallenen Bett, der sich nicht rührte, kaum daß sich sein Leib hob und senkte. Es gab keine Außenwelt mehr, keine Erde, die sich drehte, keine Sonne und keine Stadt. Es gab nichts mehr als eine grünliche runde Scheibe mit Zeigern, die sich verschoben, die ihre Stellung zueinander veränderten, die sich einholten, deckten, die auseinanderstrebten. Es wurde halb fünf, fünfundzwanzig vor fünf, dreizehn vor fünf, fünf Uhr, fünf Uhr eins, fünf Uhr zwei, fünf Uhr drei, fünf Uhr vier, fünf Uhr sechs. Bärlach hatte sich mühsam mit dem Oberkörper aufgerichtet. Er läutete einmal, zweimal, mehrere Male. Er wartete. Vielleicht konnte er noch mit Schwester Kläri reden. Vielleicht, daß ein Zufall ihn retten konnte. Halb sechs. Er drehte seinen Leib mühsam herum. Dann fiel er. Lange blieb er vor dem Bett liegen, auf einem roten Teppich, und über ihm, irgendwo über den gläsernen Schränken tickte die Uhr, schoben sich die Zeiger herum, wurde es dreizehn vor sechs, zwölf vor sechs, elf vor sechs. Dann kroch er langsam gegen die Türe, schob sich mit den Unterarmen vor, erreichte sie, versuchte sich aufzurichten, nach der Falle zu greifen, fiel zurück, blieb liegen, versuchte es noch einmal, ein drittes Mal, ein fünftes Mal. Vergeblich. Er kratzte an der Türe, da ihm das Schlagen mit der Faust zu mühsam wurde. Wie eine Ratte, dachte er. Dann lag er wieder unbeweglich, schob sich endlich ins Zimmer zurück, hob den Kopf, schaute nach der Uhr. Sechs Uhr zehn. «Noch fünfzig Minuten», sagte er laut und deutlich in die Stille hinein, daß er erschrak. «Fünfzig Minuten.» Er wollte ins Bett zurück; aber er fühlte, daß er die Kraft nicht mehr besaß. So lag er da, vor dem Operationstisch, und wartete. Um ihn das Zimmer, die Schränke, die Messer, das Bett, der Stuhl, die Uhr, immer wieder die Uhr, eine verbrannte Sonne in einem bläulichen verwesenden Weltgebäude, ein tickender Götze, ein tackendes Antlitz ohne Mund, ohne Augen, ohne Nase, mit zwei Falten, die sich gegeneinanderzogen, die nun zusammenwuchsen – fünfundzwanzig vor sieben, zweiundzwanzig vor sieben –, die sich nicht zu trennen schienen, die sich nun doch trennten ... einundzwanzig vor sieben, zwanzig vor sieben, neunzehn vor sieben. Die Zeit schritt fort, schritt weiter, mit leiser Erschütterung im unbestechlichen Takte der Uhr, die allein unbeweglich war, der ruhende Magnet. Zehn vor sieben. Bärlach richtete sich halb auf, lehnte sich gegen den Operationstisch mit dem Oberkörper, ein alter, sitzender, kranker Mann, allein und hilflos. Er wurde ruhig. Hinter ihm war die Uhr und vor ihm die Türe, auf die er starrte, ergeben und demütig, dieses Rechteck, durch das er treten mußte, er, auf den er wartete, er, der ihn töten würde, langsam und exakt wie eine Uhr, Schnitt um Schnitt mit den blitzenden Messern. So saß er da. Nun war die Zeit in ihm, das Ticken in ihm, nun brauchte er nicht mehr hinzuschauen, nun wußte er, daß er nur noch vier Minuten zu warten hatte, noch drei, nun noch zwei: nun zählte er die Sekunden, die eins mit dem Schlagen seines Herzens waren, noch hundert, noch sechzig, noch dreißig. So zählte er, plappernd mit weißen, blutleeren Lippen, so starrte er, eine lebende Uhr, nach der Türe, die sich nun öffnete, nun, um sieben, mit einem Schlag: die sich ihm darbot als eine schwarze Höhle, als ein geöffneter Rachen, in dessen Mitte er schemenhaft und undeutlich eine riesige, dunkle Gestalt ahnte, doch war es nicht Emmenberger, wie der Alte glaubte; denn aus dem gähnenden Schlund dröhnte höhnisch und heiser dem Kommissär ein Kinderlied entgegen:

> *«Hänschen klein*
> *ging allein*
> *in den großen Wald hinein»,*

sang die pfeifende Stimme, und im Rahmen der Türe, sie füllend, stand mächtig und breit, im schwarzen Kaftan, der zerfetzt an den gewaltigen Gliedern herunterhing, der Jude Gulliver.

«Sei mir gegrüßt, Kommissar», sagte der Riese und schloß die Türe. «Da finde ich dich nun wieder, du trauriger Ritter ohne Furcht und Tadel, der du ausgezogen bist, mit dem Geist das Böse zu bekämpfen, sitzend vor einem Schragen, der jenem ähnlich ist, auf dem ich einmal gelegen bin im schönen Dörfchen Stutthof bei Danzig.» Und er hob den Alten in die Höhe, daß der an des Juden Brust lag wie ein Kind, und brachte ihn ins Bett.

«Hergenommen», lachte er, wie der Kommissär immer noch keine Worte fand, sondern totenbleich dalag, und holte aus den Fetzen seines Kaftans eine Flasche mit zwei Gläsern.

«Wodka habe ich keinen mehr», sagte der Jude, als er die Gläser füllte und sich zu dem Alten ans Bett setzte. «Aber in einem verlotterten Bauernhaus irgendwo im Emmental, in einem Krachen voll Finsternis und Schnee, habe ich mir einige verstaubte Flaschen von diesem wackeren Kartoffelschnaps gestohlen. Auch gut. Einem Toten darf man das nachsehen, nicht wahr, Kommissar. Wenn sich eine Leiche wie ich – eine Feuerwasserleiche gewissermaßen – ihren Tribut von den Lebenden in Nacht und Nebel holt, als Zwischenverpflegung, bis sie sich wieder in ihre Gräber bei den Sowjetern verkriecht, so ist das in Ordnung. Da, Kommissar, trink.»

Er hielt ihm das Glas an die Lippen, und Bärlach trank. Es tat ihm gut, wenn er auch dachte, es sei wieder gegen jede Medizin.

«Gulliver», flüsterte er und tastete nach dessen Hand. «Wie konntest du wissen, daß ich in dieser verfluchten Mausefalle bin?»

Der Riese lachte. «Christ», antwortete er, und die harten Augen in seinem narbenbedeckten, wimpern- und brauenlosen Schädel funkelten (er hatte inzwischen einige Gläser getrunken), «wozu ließest du mich denn sonst ins Salem kommen? Ich wußte gleich, daß du einen Verdacht gefaßt haben mußtest, daß vielleicht die unschätzbare Möglichkeit vorhanden war, diesen Nehle doch noch unter den Lebenden zu finden. Ich glaubte keinen Augenblick, es sei nur ein psychologisches Interesse, das dich nach Nehle fragen lasse, wie du damals in dieser Nacht voll Wodka behauptet hast. Sollte ich dich allein ins Verderben rennen lassen? Man kann heute nicht mehr das Böse allein bekämpfen, wie die Ritter einst allein gegen irgendeinen Drachen ins Feld zogen. Die Zeiten sind vorüber, wo es genügt, etwas scharfsinnig zu sein, um die Verbrecher, mit denen wir es heute zu tun haben, zu stellen. Du Narr von einem Detektiv; die Zeit selbst hat dich ad absurdum geführt! Ich ließ dich nicht mehr aus den Augen und bin gestern in der Nacht dem braven Doktor Hungertobel leibhaftig erschienen. Ich mußte ordentlich arbeiten, bis ich ihn aus seiner Ohnmacht herausbrachte, so fürchtete er sich. Doch dann wußte ich, was ich wissen wollte, und nun bin ich da, um die alte Ordnung der Dinge wiederherzustellen. Dir die Mäuse in Bern, mir die Ratten von Stutthof. Das ist die Teilung der Welt.»

«Wie bist du hergekommen?» fragte Bärlach leise.

Des Riesen Antlitz verzog sich zu einem Grinsen.

«Nicht unter irgendeinem Sitz der SBB versteckt, wie du denkst», antwortete er, «sondern im Wagen Hungertobels.»

«Er lebt?» fragte der Alte, der sich endlich in die Gewalt bekam, und starrte den Juden atemlos an.

«Er wird dich in wenigen Minuten ins alte, gewohnte Salem zurückführen», sagte der Jude und trank in mächtigen Zügen den Kartoffelschnaps. «Er wartet vor dem Sonnenstein inzwischen in seinem Wagen.»

«Der Zwerg», schrie Bärlach totenbleich in der plötzlichen Erkenntnis, daß der Jude von dieser Gefahr ja nichts wissen konnte. «Der Zwerg! Er wird ihn töten!»

«Ja, der Zwerg», lachte der Riese schnapstrinkend, unheimlich in seiner wilden Zerlumptheit, und pfiff mit den Fingern seiner rechten Hand schrill und durchdringend, wie man einem Hund pfeift. Da schob sich die Metallfläche über dem Fenster in die Höhe, affenartig sprang ein kleiner schwarzer Schatten mit einem tollkühnen Überschlag ins Zimmer, unverständliche gurgelnde Laute ausstoßend, glitt blitzschnell zu Gulliver und sprang ihm auf den Schoß, das häßliche, greisenhafte Zwergengesicht an des Juden zerfetzte Brust gepreßt, dessen mächtigen haarlosen Schädel mit den kleinen verkrüppelten Ärmchen umschlingend.

«Da bist du ja, mein Äffchen, mein Tierchen, mein kleines Höllenmonstrum», herzte der Jude den Zwerg mit singender Stimme. «Mein armer Minotaurus, mein geschändetes Heinzelmännchen, der du so oft in den blutroten Nächten von Stutthof weinend und winselnd in meinen Armen eingeschlafen bist, du einziger Gefährte meiner armen Judenseele! Du mein Söhnlein, du meine Alraunwurzel. Belle, mein verwachsener Argos, Odyß ist zu dir zurückgekehrt auf seiner endlosen Irrfahrt. Oh, ich habe es mir gedacht, daß du den armen betrunkenen Fortschig in ein anderes Leben gebracht hast, daß du in den Lichtschacht geglitten bist, mein großer Molch, wurdest du doch schon damals in unserer Schinderstadt zu solchen Kunststücken dressiert vom bösen Hexenmeister Nehle, oder Emmenberger, oder Minos, was weiß ich, wie er heißt. Da, beiß in meinen Finger, mein Hündchen! Und wie ich neben Hungertobel im Wagen sitze, höre ich ein freudiges Gewinsel hinter mir, wie das einer räudigen Katze. Es war mein armer kleiner Freund, Kommissar, den da meine Faust hinter dem Sitz hervorzog. Was wollen wir nun mit diesem kleinen Tierchen machen, das doch ein Mensch ist, mit diesem Menschlein, das man doch vollends zu einem Tier entwürdigte, mit diesem Mörderchen, das allein von uns allen unschuldig ist, aus dessen traurigen, braunen Augen uns der Jammer aller Kreatur entgegensieht?»

Der Alte hatte sich in seinem Bett aufgerichtet und sah nach dem gespenstischen Paar, nach diesem gemarterten Juden und nach dem Zwerg, den der Riese auf seinen Knien wie ein Kind tanzen ließ.

«Und Emmenberger?» fragte er, «was ist mit Emmenberger?»

Da wurde des Riesen Antlitz wie ein grauer vorweltlicher Stein, in den hinein die Narben wie mit einem Meißel gehauen waren. Er schmetterte die eben geleerte Flasche mit einem Schwung seiner gewaltigen Arme gegen die Schränke, daß ihr Glas zersplitterte, daß der Zwerg, pfeifend wie eine Ratte vor Angst, mit einem Riesensprung sich unter dem Operationstisch versteckte.

«Was frägst du danach, Kommissar?» zischte der Jude, doch hatte er sich blitzschnell wieder gefaßt – nur die fürchterlichen Schlitze der Augen funkelten gefährlich –, und gemächlich holte er eine zweite Flasche aus seinem Kaftan und begann von neuem in wilden Zügen zu trinken. «Es macht durstig, in einer Hölle zu leben. Liebet eure Feinde wie euch selbst, sagte einer auf dem steinigen Hügel Golgatha und ließ sich ans Kreuz schlagen, an dessen elendem, halb verfaultem Holz er hing, mit einem flatternden Tuch um die Lenden. Bete für Emmenbergers arme Seele, Christ, nur die kühnen Gebete sind Jehova gefällig. Bete! Er ist nicht mehr, der, nach dem du fragst. Mein Handwerk ist blutig, Kommissar, ich darf nicht an theologische Studien denken, wenn ich meine Arbeit verrichten muß. Ich war gerecht nach dem Gesetze Mosis, gerecht nach meinem Gotte, Christ. Ich habe ihn getötet, wie einst Nehle in irgendeinem ewig feuchten Hotelzimmer Hamburgs getötet wurde, und die Polizei wird ebenso unfehlbar auf Selbstmord schließen, wie sie damals darauf geschlossen hat. Was soll ich dir erzählen? Meine Hand führte die seine, von meinen Armen umschlungen, preßte er sich die tödliche Kapsel zwischen die Zähne. Des Ahasver Mund ist schweigsam, und seine blutleeren Lippen bleiben geschlossen. Was zwischen uns vorging, zwischen dem Juden und seinem Peiniger, und wie sich die Rollen nach dem Gesetz der Gerechtigkeit vertauschen mußten, wie ich der Peiniger und er das Opfer wurde, das wisse außer uns zweien Gott allein, der dies alles zuließ. Wir müssen Abschied voneinander nehmen, Kommissar.»

Der Riese stand auf.

«Was wird nun?» flüsterte Bärlach.

«Nichts wird», antwortete der Jude, packte den Alten bei den Schultern und riß ihn gegen sich, so daß ihre Gesichter nah beieinander waren, Auge in Auge getaucht. «Nichts wird, nichts», flüsterte der Riese noch einmal. «Keiner weiß, außer dir und Hungertobel, daß ich hier war; unhörbar glitt ich, ein Schatten, durch die Korridore, zu Emmenberger, zu dir, keiner weiß, daß es mich gibt, nur die armen Teufel, die ich rette, eine Handvoll Juden, eine Handvoll Christen. Lassen wir die Welt Emmenberger begraben und lassen wir den Zeitungen die ehrenden Nekrologe, mit denen sie dieses Toten gedenken werden. Die Nazis haben Stutthof gewollt, die Millionäre diesen Spittel, andere werden anderes wollen. Wir können als einzelne die Welt nicht retten, das wäre eine ebenso hoffnungslose Arbeit wie die des armen Sisyphos; sie ist nicht in unsere Hand gelegt, auch nicht in die Hand eines Mächtigen oder eines Volkes oder in die des Teufels, der doch am mächtigsten ist, sondern in Gottes Hand, der seine Entscheide allein fällt. Wir können nur im einzelnen helfen, nicht im gesamten, die Begrenzung des armen Juden Gulliver, die Begrenzung aller Menschen. So sollen wir die Welt nicht zu retten suchen, sondern zu bestehen, das einzige wahrhafte Abenteuer, das uns in dieser späten Zeit noch bleibt.» Und sorgfältig, wie ein Vater ein Kind, legte der Riese den Alten in sein Bett zurück.

«Komm, mein Äffchen», rief er und pfiff. Mit einem einzigen gewaltigen Sprung, winselnd und lallend, schnellte der Zwerg hervor und auf des Juden linke Schulter.

«So ist's recht, mein Mörderchen», lobte ihn der Riese. «Wir zwei bleiben zusammen. Sind wir doch beide aus der menschlichen Gesellschaft gestoßen, du von Natur und ich, weil ich zu den Toten gehöre. Leb wohl, Kommissar, es geht auf eine nächtliche Reise in die große russische Ebene, es gilt, einen neuen düsteren Abstieg in die Katakomben dieser Welt zu wagen, in die verlorenen Höhlen jener, die von den Mächtigen verfolgt werden.»

Noch einmal winkte der Jude dem Alten zu, dann griff er mit beiden Händen hinein ins Gitter, bog die Eisenstäbe auseinander und schwang sich zum Fenster hinaus.

«Leb wohl, Kommissar», lachte er noch einmal mit seiner seltsam singenden Stimme, und nur seine Schultern und der mächtige nackte Schädel waren zu sehen, und an seiner linken Wange das greisenhafte Antlitz des Zwerges, während der fast gerundete Mond auf der andern Seite des gewaltigen Kopfs erschien, so daß es war, als trüge jetzt der Jude die ganze Welt auf den Schultern, die Erde und die Menschheit. «Leb wohl, mein Ritter ohne Furcht und Tadel, mein Bärlach», sagte er, «Gulliver zieht weiter zu den Riesen und zu den Zwergen, in andere Länder, in andere Welten, immerfort, immerzu. Leb wohl, Kommissar, leb wohl», und mit dem letzten ‹Leb wohl› war er verschwunden.

Der Alte schloß die Augen. Der Friede, der über ihn kam, tat ihm wohl; um so mehr, da er nun wußte, daß in der leise sich öffnenden Türe Hungertobel stand, ihn nach Bern zurückzubringen.

Benziger Broschur

Das Umfallen der Kegel von
einer bäuerlichen Kegelbahn

Erzählungen von Peter Handke, Gabriele Wohmann, Thomas Bernhard, Ernst Jandel, G. F. Jonke, H. C. Artmann, Andreas Okopenko und Gerhard Amanshauser.
9.80 DM. Bestell-Nr. 3.545.36140.3.

Benziger Broschur

Heiner Müller
Oedipus, Tyrann

Ein Versuch, die große antike Tragödie für das gegenwärtige Theater zu gewinnen. So entdeckt diese Textvariante Heiner Müllers eine neue Lesart der gewaltigen Fabel.
7.80 DM. Bestell-Nr. 3.545.36139.X.

Benziger Broschur

Gabriel Garcia Marquez
Kein Brief für den Oberst

Der vor allem durch seinen großen Roman «Hundert Jahre Einsamkeit» bekannt gewordene Kolumbianer nimmt wie in seinen meisten Werken auch in diesen Erzählungen die kleine verfallene Küstenstadt Maconda zum Hintergrund.
7.80 DM. Bestell-Nr. 3.545.36138.1.

Benziger Broschur

Sonderprospekte erhalten Sie bei Ihrem Buchhändler oder beim Benziger Verlag, 5000 Köln 1, Martinstraße 16

roro NEUE DEUTSCHE PROSA

Ulrich Becher
Männer machen Fehler. Zwölf Kurzgeschichten [1283]

Peter Bichsel
Die Jahreszeiten. Roman [1241]

Wolfgang Borchert
Draußen vor der Tür und ausgewählte Erzählungen. Nachwort: Heinrich Böll [170]
– Die traurigen Geranien und andere Geschichten aus dem Nachlaß. Hg. und Vorwort: Peter Rühmkorf [975]

Rolf Dieter Brinkmann
Keiner weiß mehr. Roman [1254]

Die Zehn Gebote
Zehn exemplarische Erzählungen. Hg. Jens Rehn [1233]

Friedrich Dürrenmatt
Der Richter und sein Henker. Roman [150]
– Der Verdacht. Roman [448]

Gisela Elsner
Die Riesenzwerge. Ein Beitrag [1141]
– Der Nachwuchs. Roman [1227]

Hubert Fichte
Das Waisenhaus. Roman [1024]
– Die Palette. Roman [1300/01]

Max Frisch
Homo faber. Ein Bericht [1197]

Günter Bruno Fuchs
Bericht eines Bremer Stadtmusikanten. Roman [1276]

Günter Grass
Katz und Maus. Eine Novelle [572]
– Hundejahre. Roman [1010–14]

Max von der Grün
Irrlicht und Feuer. Roman [916]

Peter Handke
Die Hornissen. Roman [1098]

Peter Härtling
Niembsch oder Der Stillstand. Eine Suite [958]
– Janek. Porträt einer Erinnerung [1124]
– Das Familienfest oder Das Ende der Geschichte [1368/69]

Rolf Hochhuth
Der Stellvertreter. Ein christliches Trauerspiel. Vorwort: Erwin Piscator. Erweiterte Taschenbuchausgabe: Mit einer Variante zum fünften Akt und einem Essay von Walter Muschg [997/98]
– Soldaten. Nekrolog auf Genf. Tragödie [1323]

Uwe Johnson
Zwei Ansichten [1068]

Horst Krüger
Stadtpläne. Erkundungen eines Einzelgängers [1386]

Siegfried Lenz
Die Augenbinde. Parabel /
Nicht alle Förster sind froh. Ein Dialog [1284]

Hans Erich Nossack
Spätestens im November. Roman [1082]
– Der Fall d'Arthez. Roman [1393/94]

Gregor von Rezzori
Maghrebinische Geschichten. Mit Zeichnungen des Autors [259]
– Ein Hermelin in Tschernopol. Ein maghrebinischer Roman [759/60]

Ursula Trauberg
Vorleben. Nachwort: Martin Walser [1330/31]

Martin Walser
Ehen in Philippsburg. Roman [557/58]

Peter Weiss
Die Ermittlung. Oratorium in 11 Gesängen [1192]

Dieter Wellershoff
Ein schöner Tag. Roman [1169]
– Die Schattengrenze. Roman [1376]

Gabriele Wohmann
Abschied für länger. Roman [1178]

FRIEDRICH DÜRRENMATT

Der Richter und sein Henker

Mit Zeichnungen von Karl Staudinger
«rowohlts rotations romane» Band 150

Der Schweizer Autor bereichert die deutsche Literatur mit diesem spannungsreichen Roman um ein Genre, das sie kaum kennt: den der Tradition Chestertons und Graham Greenes folgenden literarischen Kriminalroman.

«Der Wert dieser ungemein lebendig geschriebenen Geschichte liegt in der feingesponnenen seelischen Durchdringung. Wir werden gewahr, welche Realität die menschliche Seele ist. Diese ausgezeichnete Ausgabe dient nicht nur der spannenden Unterhaltung, sondern der Bereicherung unseres Wissens um die geheimen Triebkräfte des menschlichen Tuns und Lassens.»

Sonntagsblatt, Hamburg

Rowohlt Taschenbuch Verlag
Reinbek bei Hamburg

Ulrich Becher
Murmel-jagd

National-Zeitung, Basel: «Mit diesem Roman marschiert Ulrich Becher in der vordersten Reihe der deutschen Autoren unserer Zeit.»

W. E. Süskind / Süddeutsche Zeitung: «Als Erzählwerk so bezwingend, daß man als Leser dem Tag entgegenbangt, da die Lektüre zu Ende ist. Ein moderner Jean Paul.»

Süddeutscher Rundfunk, Stuttgart: «Ulrich Becher zählt zu den großen Erzählern unseres Jahrhunderts.»

Kurt Lothar Tank / Welt am Sonntag: «So farbig wurde Zeitgeschichte bisher noch nicht erzählt.»

576 Seiten. Geb.

Roman Rowohlt

Siegfried Lenz

*Die Augenbinde
Schauspiel
Nicht alle Förster sind froh
Ein Dialog*

In diesem neuen Bühnenwerk werden in der Form einer Parabel politisch-moralische Erfahrungen unserer Epoche präzis durchgespielt. Geschehnisse während einer Expedition zeigen die persönlichen und gesellschaftlichen Konsequenzen des Sichbeugens vor der Macht der Herrschenden und der Behauptung der Freiheit. Im Anhang der Dialog «Nicht alle Förster sind froh».

rororo theater Band 1284